投資一定有風險

Presented by

Bunsen Burner and Tomo Oga

下

投資一定有風險

李恕謙 × 何馨憶

Be Care For
What You Invest For

VOLUME TWO

【CONTENTS】

Be Care For What You Invest For

投資一定有風險

✦

第十章

投資一定有風險

他是被熱醒的。

何馨憶從棉被中抽出手，習慣性地向一旁摸去，抓握到手機後便舉到面前，瞇著眼讀螢幕顯示的時間。現在剛過中午十二點。

他慢吞吞地坐起身，棉被從身上滑落，陌生的被單花色和隱約的熟悉味道讓他發起愣來，他環顧四周才慢半拍地發現，這是李恕謙的房間。

為什麼他在這裡？

難不成他跑來夜襲李恕謙？但他怎麼完全沒印象？

還有學長也不知道怎麼想的，難道誰都可以睡他的床嗎？

他胡思亂想了一會，又檢查起自己的私人手機。王裕文昨晚傳了好幾則訊息，

他現在才看到。

結果怎麼樣？告白了嗎？不會被拒絕了吧？

……好啦勇氣可嘉，請你吃飯啦！

「啊！」何馨憶發出一聲慘叫，他錯過告白的時機了！他到底在搞什麼！

他懊惱地將腦袋埋在被窩好一會，才慢吞吞地翻身下床，一眼瞥見書桌上的字條。

幫你請病假了，廚房的電鍋裡有粥，餓的話可以吃。晚上我會買晚餐回家。

恕謙

筆畫剛正有力，字尾微勾。是李恕謙的字沒錯。

何馨憶頓時感到飢腸轆轆，他來到廚房打開電鍋鍋蓋，薑絲魚片的香氣迎面而來誘得他更餓了。他從櫥櫃中拿出碗筷，盛了一碗粥，拿著粥坐到沙發上吃。

他吃了幾口安撫饞意，才拿起公司手機，撥電話給阿強。

「喂，小憶？喔，你學長幫你請假啦，身體怎麼樣？好多了嗎？」阿強說話快速，不難聽出是在工作空檔接的電話。

「好一點了。」何馨憶回話之間還帶著鼻音。

阿強關心了幾句，「生病就好好休息，需要再請一天的話再跟我說。我先進Fab，有事打我手機。」

投資一定有風險

「謝謝阿強哥。」他放下心來。

「先掛了。」

他繼續吃粥，吃得全身熱汗，但從心裡到胃都覺得暖燙，被傾心照顧的感覺讓他有點竊喜，沉浸在李恕謙的溫柔裡。

他吃了幾口又頹然想到，昨天的告白練習都白費了，現況完全沒有改變，那今天他再跟李恕謙告白還來得及嗎？

但是怎麼想好像都很奇怪，如果趁李恕謙回家後揪著對方告白，被拒絕了還要待在屋子裡過夜，明天病好後還得銷假上班；如果他感冒沒好，那就更悲慘了，依李恕謙的個性也不會放著他不管，夜裡還要照顧他，光是想像就覺得尷尬。

今天不是好時機，該怎麼辦？他嘆了一口氣，收拾碗筷，接著傳訊息給王裕文，簡述他的困境。

我覺得你應該藉機試探他。王裕文回傳一句，繼續裝睡，等他來叫你的時候告白，如果他拒絕你，你就說你是開玩笑的。

……餿主意。我先養病，病好再說。

我還等著準備請客耶，有時效的喔。王裕文先利誘後威脅，深諳說服之道。

何馨憶悶悶地嘆了口氣望向窗外，天空陰沉，不見光亮。他不喜歡陰天，感覺陰天裡發生任何壞事都很合理。

李恕謙今天很早下班，他買了一鍋雞湯回家，一開門就見何馨憶穿著寬鬆的衣褲，盤腿坐在沙發上發呆，夕陽透過窗上的雨水折射進屋子裡，將青年的髮色挑染成金，衣褲也映出如水波擴散的金光。青年一見他便笑，「學長你回來了。」

和往日相同的一句話，此刻聽來竟有幾分溫婉的味道，李恕謙忽然生出一種歲月靜好的錯覺來。

他停了幾秒，細細品味這股陌生的情緒。

「好香啊。」何馨憶吸了吸鼻子，「你買蒜頭雞湯會不會太補？」

「就是要補。」李恕謙笑道，「去拿碗來裝。」

投資一定有風險

李恕謙買的是龍涎居的雞湯，還附了麻油麵線和燙青菜。他一打開塑膠袋，整間屋子都是蒜頭雞和麻油的香氣，何馨憶被勾起食欲，猛吸鼻子，他拿了兩個大碗公放到李恕謙面前，眼巴巴地看著李恕謙分別把麻油麵線和蒜頭雞湯倒進碗公裡，他又拿兩副碗筷，幫著李恕謙把麻油麵線分裝到小碗裡。

何馨憶吃了一口麻油麵線，感嘆道：「好懷念的味道。」

以前他研究做不出來，悶在實驗室好幾天，李恕謙便會帶他去吃龍涎居，說要幫他補充元氣。他雖然嘴上不提，但每一份與李恕謙有關的記憶，都被他牢牢記在心底。

「知道你喜歡，今天下班之後繞去買的。」李恕謙跟著吃了一口，「我有多買兩份麵線，免得你吃不飽。」

麻油麵線的分量不多，麵食又容易餓，李恕謙乾脆多買一些，晚上餓了就不用再弄別的東西吃。

「學長真好。」何馨憶邊吃邊說，口齒不清。

「吞下去再說話。」李恕謙柔聲道，「對你好不是應該的嗎？」

他打算釐清自己對青年的情感，便試著假設青年是自己的交往對象，許多事都在瞬間變得理所當然，像是照顧生病的青年、替青年帶飯回家，他只是依循本心去做。

「哈，學長人真的很好。」何馨憶習慣性接受李恕謙傳達的善意，無意中忽略男人過於柔和的情緒。

李恕謙不以為意，吃完麵線，將大部分的蒜頭雞湯都留給青年，只盯著青年吃東西。何馨憶察覺他的視線，疑惑地挑高一邊的眉毛，十足的動畫感讓李恕謙忍俊不禁。

青年疑惑地「嗯」了一聲，拖著長長的尾音，「學長你幹嘛要笑不笑？」

「我今天才發現你會挑單邊的眉毛，怎麼練的？」李恕謙對著手機的前鏡頭練習挑單眉，練了幾次有點成果，又對著何馨憶挑眉，殊不知自己只做出滑稽的表情。

青年忍不住笑出來，笑聲停不住，李恕謙怕他的晚餐灑出來，遂接過他的碗。

青年笑得更放肆，幾乎倒到他懷裡，李恕謙順勢抱住他的肩膀，垂首看他。

大笑之後，何馨憶才發現天地顛倒，他背倚著男人有力的臂膀，姿勢曖昧撩人，他嘴唇微張心跳加快，不知如何解套。

李恕謙看進青年的眼睛，讀出一點慌亂和期待，那些複雜的情緒似乎感染了李恕謙，他抿了抿唇，一股衝動藉著過快的心跳和緊張的情緒驅使他俯身，靠近青年。

男人的動作很慢，何馨憶僵直身體全身緊繃，看著李恕謙逐漸靠近他的臉，柔軟的嘴唇就懸在他的正上方，近在咫尺。

親吻的衝動瞬間如海嘯般洶湧，挾持他的理智，他幾乎用盡全身的力氣，才克制住自己不要抬起頭，去吮吻他朝思暮想的人。

時間靜止在這一刻。他做不到主動，卻也無法拒絕，只能憑著本能微抬下頷，唇瓣微張，呈現任君採擷的姿態，將所有主動權留給李恕謙。

李恕謙沒有再靠近，他伸手輕輕用拇指摩挲青年的下唇，沾了點油漬的柔軟唇瓣被指腹壓得微微凹陷，在拇指移開時又彈回原樣。

何馨憶順勢張開嘴，感覺拇指碰到自己的舌尖，他怯怯地輕舔男人的拇指，拇指卻彷彿被鼓勵般往裡探入，以輕柔的力道壓住他的舌面來回撫摸。何馨憶再遲鈍也知道，眼下的行為絕不該發生在男性的純友誼之中，他顫抖著輕喘，李恕謙的指掌寬大，拇指顯長，一往內壓就彷彿是他將李恕謙的拇指全含進去。

他曾經做過的事在最不可預料的時刻被複製。

他知道含著一個男人的手指吸吮，怎麼樣的解釋都很煽情，頓時心慌意亂。未能閉合的口腔分泌更多唾液，順著李恕謙的拇指緩緩淌出他的嘴角，流下下巴，他不敢闔上嘴怕含住李恕謙的拇指，便將舌頭後縮，想從男人的玩弄下掙脫，卻不知凹陷退讓的舌面更顯得柔軟。李恕謙的喉頭滾動，眼底沉澱著深沉的情緒，他看不懂。

半晌，李恕謙收回手慢慢抬起身，壓迫感驟然減輕。

何馨憶鬆了一口氣，揮去說不清的隱微失望，乾笑道：「學長你幹嘛啦？」

他的嘴彷彿剛被男人的手指溫柔地愛撫過，他的舌頭，他的牙齒，都還能感覺到李恕謙拇指的形狀與觸感，他嚥了口唾液，喉結數度滾動，嚥下熱燙的情欲。

「嘴巴沾到了，幫你擦一下。」

男人的藉口很拙劣，何馨憶卻不敢再問，他垂下頭匆匆收拾剩下的麻油麵線和雞湯，拿到流理臺放涼，等著晚點收進冰箱。

李恕謙沉默地望著青年纖細的背影。他設想過對他懷抱著愛戀的何馨憶，或許會想要親密接觸，那他願不願意？碰觸、擁抱、親吻，還有更深一層的侵入行為，他能對著青年做嗎？

碰觸和擁抱並不難，所以他設想的第一步是接吻，親吻何馨憶的唇。

他以為沒那麼簡單，但在剛剛那一刻，他看見青年油潤泛著光澤的嘴唇，玫紅的唇瓣微微張開，潔白的齒列之間縮著青年的舌尖，小小軟軟的，極其溼潤，他一瞬間回想起青年曾經含著他的中指時心臟的觸動。

那一刻他彷彿著了魔，伸出拇指輕碰青年的舌尖，柔軟的觸感讓體內的躁意更甚，他情不自禁地將指節探進去，感覺指節被溫熱的舌面承接包裹，青年溫順的默許更加深他的放肆，他不自主加大揉弄的力道，看著自己的指節插在青年的口中，青年因無法吞嚥唾液而溼了嘴角。

那個畫面煽情地令他幾乎把持不住，他忍不住想，如果他放進去的不是手指，而是別的東西，青年是不是也會溫順地含住？如果那東西快速抽動，快得青年含不住，只得讓唾液淌出嘴角潤溼那樣東西，唾液順著粗長的莖體外緣流下來——

理智在一瞬之間變得岌岌可危。他粗喘一口氣，在最後一刻拉開距離。

他沒有自以為的那麼直，甚至無法否認，他確實對他的學弟懷抱著情欲。那是否能夠反証他喜歡何馨憶？

這週開始，李恕謙的態度變了。

吃飯的時候，李恕謙會事先幫他盛飯；碰他的時候更不避諱，總是嘴角含笑；

投資一定有風險

下班時，李恕謙會開車停在公司門外一條街等他，從不讓他等。

倘若一個人足夠在意你，就可以把事情設想得面面俱到。這種好，幾乎讓人無所適從。

何馨憶搞不懂李恕謙轉變的原因，也不記得自己告白過，但李恕謙的表現卻有種身為男友的自覺。他很困惑，不知道從哪裡問起，好像一問出口，李恕謙就會猛然驚醒，態度回復到從前。

他渾渾噩噩地過了一週，這週五終於找到機會。

「週末想去哪裡玩嗎？」李恕謙問。

「去華山文創吧。」他隨口提了一個景點，「學長，我們找間咖啡廳坐一下，我有事跟你說。」

「嗯。」李恕謙才要走開，彷彿想到什麼又轉回身，「我最近在想，你現在還叫我學長？」

「咦？」他反應不過來，「不然叫什麼？」

李恕謙想了想，「沒關係，你喜歡就好。」

男人微妙的態度在更加妥貼的溫情舉動中顯得不值一提，何馨憶沒放在心上，滿腦子都計畫著找個地方告白。

隔日李恕謙開車載他出門，臺北一向車多，李恕謙在附近繞了幾圈才找到停車位。他拉著李恕謙來到事先訂好的咖啡廳，向李恕謙簡單介紹店內的招牌餐點，便與李恕謙一起點餐。

玻璃杯外冒出細小的水珠，何馨憶握著冰涼的杯身猛吸飲料，醞釀告白的情緒。他的表情或許過於嚴肅，男人帶著困惑的神情看向他，「怎麼了？」

「學長。」何馨憶「砰」的一聲放下玻璃杯，抿了抿唇，忽然閉起眼睛，用著破釜沉舟的氣勢，語速迅急鏗鏘有力，「李恕謙我喜歡你。」

他緊閉雙眼，心跳快如擂鼓，整間咖啡廳彷彿被按下靜音鍵，他聽不見任何聲音，只覺得丟臉得要命。黑暗中時間彷彿被無止境地拉長，凝結成永恆，何馨憶成了石雕像坐落於廟宇之外，在時光洪流中沉默地等待，等了超過一個世紀還

投資一定有風險

沒得到任何神音。

一切都結束了吧，學長也許嚇傻了，說不出拒絕。伸頭一刀，縮頭也是一刀，不如快刀斬亂麻。何馨憶悄悄掀開右眼簾，恰恰對上李恕謙含笑的視線，他嚇得閉緊雙眼，表情僵硬得幾近猙獰，虛張聲勢地說：「學長你要說什麼快說。」

良久，他聽見李恕謙的輕笑聲，「沒人跟你說，告白時要睜開眼睛看著對方，把每一個字都說清楚才叫有誠意嗎？」

何馨憶頹然地垂下肩，蓄積勇氣許久的水池驟然洩洪，他張開眼睛，垂著頭悶悶地說：「學長。」

「小憶。」李恕謙十指相扣放在桌上，沉聲說，「看我。」

他一旦沉下聲便有幾分威嚴的氣息，何馨憶聽話地抬起頭，惴惴不安又強裝鎮靜。

「何馨憶。」李恕謙一字一句，咬字清晰，「我接受你的告白。我們交往吧。」

驟然砸下的應許砸得何馨憶頭昏腦脹，他緊張得語無倫次，「學長你說什麼？

你真的要接受嗎？你是不是騙我？你再考慮考慮，想清楚再跟我說，我會當真的。」

青年慌亂又幾近卑微的態度讓李恕謙失笑，心裡卻泛起細微的心疼。

「我想得很清楚。」他喝了一口奶茶，舔了舔下唇，「一開始我不知道這是什麼感覺，我不想看到你難過，我不希望你搬出去。這種感覺很不一樣，我也不會形容。」

他微微蹙起眉，停了一下，「可是我想要你留在我的身邊，我想要回家時就可以看到你，我想要平常就跟你待在一起。你不在的時候，我不停地想你什麼時候要回來。」

他坦承，「我在這方面沒有經驗，所以我去問老師。」

何馨憶倒抽一口氣，不只覺得自己丟臉得要命，更尷尬得要死。

李恕謙微微笑道：「我不確定我是不是同性戀，但我知道你對我來說和其他人不一樣，如果這就是喜歡，如果我有喜歡你的可能，那我想跟你試試看。」

投資一定有風險

何馨憶下意識握緊手中的玻璃杯，「學長。」

「何馨憶。」李恕謙表情嚴肅，「你要知道一件事。如果到後來，我發現我可能不是同性戀，無法接受你，無法跟你在一起，那我們只能分開。這是你跟我告白的風險，你願意接受嗎？」

他把話講得很重，講出最壞的情況，無非是不想讓青年白高興一場。不管怎麼樣，如果他最後發現自己無法對青年產生愛戀的情感，錯把情欲誤以為是喜歡，那對青年而言只是二度傷害。

「我願意。」何馨憶不假思索答道，「我只是想要一個機會，學長，讓我們試試看。如果我們不適合，不用你說，我也會走。」

原先以為連嘗試的機會都沒有，現在有了，他怎麼也不會放棄。

彼此在這一刻達成共識。

「嗯。」李恕謙溫聲說，「我先說，我是新手，要怎麼做我也不清楚。不過我可以保證的是，作為你男朋友的這段期間，你會擁有全部的我。任何大事我都會跟你商量，詢問你的意見，所有男朋友應該要做的事我都會做到。身為同性戀要做的事我不知道，你得教我。」

男人的宣告過於甜蜜，姿態又放得太低。何馨憶有點發愣，整個人輕飄飄的，像中了樂透彩頭獎般極不真實，感覺不到如願以償的快樂。

李恕謙笑道：「小憶，現在身為你的男朋友，我要做什麼？」

「嗯——」何馨憶尚未回過神來，隨口道，「學長可以親我嗎？」

他看見男人微愣的表情，這才意識到自己要求了什麼，連忙補救，「學長我隨便說的，我們走吧。」

李恕謙笑出聲來，接吻的要求出乎意料，卻是合情合理。他沒有告訴何馨憶，他早已設想過無數次怎麼親吻青年，而且他想的不只是親吻。

「食物都還沒來呢。」他站起身，隔著桌子俯身到何馨憶面前輕聲說，「眼睛閉上。」

何馨憶緊張地閉上眼睛，等了一會，感覺到溫熱柔軟的觸感輕輕落在上唇瓣，鼻息之間都是熟悉的沐浴露香氣。一瞬間，他眼眶發熱心臟發顫，洶湧的情感從心底噴發而出，凝成水滴從眼角滑落。

他小心翼翼地呼吸，眼睛微睜，瞧見李恕謙雙眼輕閉表情溫和，不含半絲勉強。頃刻間，所有他和李恕謙往來的過程從頭浮現。就學時期的慌亂，失業時期的無助，每一個階段都有李恕謙的溫柔以待。他們愈相處，他愈喜歡。

他因靠近李恕謙而欣喜，他想碰觸，想擁抱，李恕謙雖近在咫尺卻遙不可及。於是渴望長成了荊棘，在心裡生了根扎了刺，一掙扎便見血，他動彈不得，李恕謙的溫柔更成了養分，於是他甘願不動任荊棘蔓生。

直到指導教授給他一把刀，逼他用盡全力披荊斬棘。如此，方能窺見未來。

Be Care For
What You Invest For

投資一定有風險

✦

第十一章

李恕謙退開之後，何馨憶才張開眼睛，神情帶著不可置信。

李恕謙似笑非笑，「可以上菜了。」

何馨憶這才注意到服務生手上端著兩個盤子，服務生臉色鎮定地將兩份套餐放在他與李恕謙面前，男人輕聲說：「謝謝。」

「不會，祝兩位用餐愉快。」服務生點了一下頭便轉身離開。

比起意料之外的親吻，被旁人目睹所有的一切才是眼下最關鍵的問題，何馨憶慘叫一聲趴在飲料杯後面，「好丟臉喔。」

「會嗎？」李恕謙不受影響，他切了一點自己的烤雞排，又到青年盤裡，「你吃吃看。」

「對啊，很丟臉耶，啊嗚——」何馨憶裝死地趴在桌上，不想起身面對世界的溫柔惡意。

李恕謙單手支頤，看著青年浮誇的表演，心頭全是滿足的喜悅，「這有什麼好丟臉的，又不是沒看過情侶，趕快吃。」語氣是自己也無法察覺的寵溺。

「這不一樣啦。」何馨憶慢吞吞地爬起來，叉起李恕謙切給他的雞排一口咬下，濃郁的香氣在嘴裡散開，雞肉結實飽滿又多汁，「好吃耶。」

「還要嗎？」李恕謙見青年喜歡，打算再切。

「不用啦，學長吃就好。」何馨憶叉了一塊自己的烤肋排到李恕謙盤裡，「學長也吃。」

「嗯。」李恕謙吃了一口，抬眼便見青年雙手撐著自己的兩頰，笑咪咪地看他。「怎麼了？」

「可以正大光明地看學長吃東西，覺得很開心。」何馨憶微揚唇角心情輕鬆，順口說出真心話。他不用遮掩自己的感情，能直接了當地表現出戀慕，甚至能當眾親吻李恕謙，所有的一切都像做夢一樣。

那正是李恕謙想看到的樣子，沒有任何憂鬱的青年，坐在他對面帶著漂亮的微笑，快樂彷彿能從青年的身上輻射過來，讓他不自主地跟著笑，「這有什麼，快吃吧，菜要涼了。」

投資一定有風險

「好。」何馨憶心滿意足地吃起肋排，他吃完一塊，見李恕謙盯著他嘴角微微揚起，不禁疑惑地問，「怎麼啦？」

「我在感受你剛剛說的，真的是這樣沒錯。」李恕謙一本正經地回答，像在驗證實驗數據。

男人的話沒頭沒尾，何馨憶更好奇，「什麼東西？」

李恕謙正色道：「看你快樂地吃東西，我覺得很開心。」

何馨憶嗆了一口，咳得滿臉通紅，李恕謙正要上前關心，被他揮手制止。他咳了半晌，臉色潮紅耳根發熱，「學長你說什麼啦！」

「實話實說。」李恕謙不明白青年的情緒為何驀然變了，「不能說嗎？」

「也不是……」何馨憶小聲說，「這種話，我覺得在外面說有點羞恥。」

李恕謙搞懂了，他的學弟向來敏感又臉皮薄，「你剛剛也在外面說這句話，這樣雙重標準不行啦。」

「那又不一樣。」他咕噥一聲，放棄和男人解釋其中細微的差異，逕自垂下頭吃東西，避開李恕謙的視線。

那彷彿是一種默許，李恕謙半撐著頰，直盯著青年看。青年用餐時習慣把所有的肉排全部切成均等的大小再一次吃，和他專注在小細節上的個性很像。

何馨憶吃了幾塊，察覺李恕謙還在注視自己，不禁彆扭地說：「學長不要看，快點吃。」

「小憶，你好可愛喔。」李恕謙忍不住笑，只是被注視，就會讓青年窘迫得吃不下東西，心裡話頓時脫口而出。

那句話帶有的親暱與喜愛過於明顯，彷彿滲著蜜，何馨憶瞬間抬頭，盯著李恕謙發愣的臉。

李恕謙很快回過神來，鎮定地說：「我說的是真的。我當年第一眼看到你，就覺得你很可愛。」

何馨憶哼出一聲，「男生被用『可愛』形容，不知道該不該高興。」

「嗯——」李恕謙沉吟數秒，「但是你當年就小小隻的，我覺得這學弟有點太可愛了，要打SEM，會不會搆不到機臺，無法倒液態氮？」

「對啦，我就搆不到，才要叫學長啊。」何馨憶自暴自棄，開始碎碎念，「上次在全聯買調味料，我不是也叫你去拿嗎？東西放那麼高幹嘛，矮個子沒人權啦。」

青年略帶頹喪的語氣讓李恕謙不贊同地反駁：「誰說的？你這樣很好，很可愛，我很喜歡。」

男人的告白過於自然順暢，信手拈來便是情話，何馨憶彷彿瞬間噎住，他抿了抿唇輕聲道：「就說不要在外面講這種話啦。」

「那在外面可以說什麼？」李恕謙受教似地看著青年，想學習同性交往的規矩，不過不能在公開場合坦率地稱讚青年這一點，倒是令他有些困擾。

「一般的話都可以啦，學長快點吃，還有不要一直看我。」何馨憶匆匆交代，又低下頭吃東西，決心不受李恕謙影響。

「回家就可以了嗎？」李恕謙抓住關鍵，「那我們要逛多久？幾點要回家？」

「學長，你要幹嘛？」何馨憶有點無奈，總覺得男人似乎搞不清楚重點，他以前怎麼不知道他的學長有這麼不識趣。

「回家看你。」李恕謙神態鄭重，「然後，再親一次。」

「唔。」他感覺自己的臉熱燙得彷彿有火在燒，招架不住男人的情話，「好啦，回家再說啦。」

吃午餐的過程中，何馨憶總感覺身後有無數探究的目光，讓他如坐針氈，當然最熱切的那道目光當屬對面的李恕謙。他匆匆吃完套餐，就催著李恕謙離開咖啡廳。

他原先的計畫是向李恕謙告白成功，兩個人一起逛展覽，來場知性約會。然而他們一走出咖啡廳，男人的手掌頓時下滑，牢牢扣住他的掌心。他嚇了一跳，忍住反射性甩開的動作，「學長？」

「你想看哪個？」李恕謙泰然自若地問。

他的注意力全被相扣的掌心牢牢抓住，李恕謙的指掌寬大又溫熱，燙得他手心直冒汗，他悄悄收緊，隨意指了一個展覽，「就、那個吧。」

他任由李恕謙牽著走，沒注意周遭環境，等到回過神來，已經進了一場五光十色的攝影展。

「可以拍照，你要不要？」李恕謙站在離入口不遠處的小攝影棚前，輕輕搖晃他的手臂。

「啊，好。」何馨憶反射性回答。

李恕謙牽著青年走到定位，沒打算放開。何馨憶依照工作人員的指示看鏡頭，僵硬地微笑，覺得全世界看向他們的目光都帶著異樣，他下意識將李恕謙的手握得更緊。

李恕謙一察覺青年的緊張，便藉由相扣的指掌將他拉向自己身側，改用手臂由青年身後環住他的右上臂，身體微側。

兩人靠得很近，男人身上的沐浴露香氣撲鼻而來，何馨憶更加緊張，手腳突然像多出來的擺飾，不知道該放哪裡。他微微側首瞧向男人，李恕謙正好朝他俯身，嘴唇擦過他的鼻尖，他一僵，聽見一聲輕笑，下一刻吻落在他的唇瓣。

那個吻又輕又柔，帶著難以識別的繾綣，一觸即分。何馨憶嘴唇微張，訝異地喚：「學長？」

「雖然你說回家才可以親，但我有點忍不住。」李恕謙唇角微揚，「不好意思。」一旦親過以後，想親吻青年的欲望便蓬勃起來，親吻之後青年微愣的反應也讓他有種在未知領域占上風的不明優越感，種種情緒疊加在一起，他一靠近青年的唇，便順應自己的心意湊上前去。

「不會。」何馨憶下意識回答，才反應過來，「學長你為什麼——」

「你們姿勢商量好了嗎？後面還有客人在等喔。」工作人員帶笑的提醒打斷何馨憶的問句，青年趕緊轉向鏡頭露出微笑。

「剛剛那個姿勢不錯啊，不要嗎？」掌鏡的攝影師意外地問。

「要。」能再一次光明正大的親吻，李恕謙把握機會，趁青年發愣之際單手握住青年的下巴，再度俯身。

何馨憶瞪大雙眼，見李恕謙的臉愈來愈近，近到他能看清男人眼睫毛的排列，柔軟的唇瓣碰上他的唇，男人輕輕吮吻他的下唇瓣，他的腦袋一片空白，只聽見一聲響亮的「喀嚓」。

李恕謙慢慢退開，見青年完全呆滯無法反應，忍不住咧開唇角。他牽起青年的手，「走吧，我們去逛逛。」

何馨憶的手有點涼，有點粗糙，指腹之間全都是繭，和林芷瑩或張詩涵的手很不一樣。

李恕謙不是第一次牽何馨憶的手，卻是第一次以男朋友的身分這麼做。如果要他去牽同性好友的手，他做不到。但是他以前偽裝青年的男友時就發現，無論是牽手還是擁抱，只要對象是他可愛的學弟，就毫無半點勉強。

一直以來，他知道自己在感情上很被動，和朋友會熱烈追求漂亮女性相比，他經常是在別人告白後，覺得對方合適才決定交往，並在意識到對方是交往對象後，逐漸產生感情。

李恕謙只有交過兩次女友的經驗，但經歷兩次分手後，他開始對自己適合什麼樣的女孩子毫無頭緒，便想不如一切隨緣。等他年紀再大一些，會走父母的路相親，找一個對未來有共識的人成為另一半，一起生兒育女平穩生活。

那時候他從未想過，有一天他會因學弟的痛哭而心慌意亂。後來何馨憶在睡夢中迷迷糊糊地告白，熱烈的喜悅席捲他全身，青年炙烈的情感彷彿延燒到他身上，讓他帶著洶湧而不明所以的情緒，想要回饋給青年。

李恕謙分辨不清自己的情感和性傾向，只清楚知道青年對他的不同，而發現自己對青年懷抱著情欲，讓一切變得更加複雜。他無法確認自己的情感是否只是情欲的衍生，在這樣的情況下若是盲目地答應學弟的告白，只是一種不負責任。但是他不願意拒絕何馨憶的告白，他不想讓青年失望，更不想讓青年難過。

那便只剩下一條路。他必須完全坦誠，當著青年的面說清所有他的擔憂，和這段感情的風險。何馨憶不知道，他早已發誓如果青年願意冒險，接受這樣不完全的他，作為回報，他一定不會再讓青年哭泣。

何馨憶盯著照片發怔。他驚愕的表情很明顯，將李恕謙含笑的嘴角襯得更加鮮明。他望著李恕謙將照片買下來，又牽起他的手。

「要回去了嗎？」李恕謙問。

「啊，嗯。」他跟著李恕謙走到停車場，李恕謙甚至幫他開了副駕駛座的門，他連忙阻止，「學長不用這麼做啦，我又不是女生。」

「喔，不用嗎？」李恕謙想了數秒，像在羅列腦海裡的清單，「那還有什麼你希望我做的，儘管說出來。」

「這我能自己做，不用你啦。」他失笑道，感覺李恕謙對他過於小心翼翼，「有需要的話，我會跟你說。」

李恕謙繞回駕駛座，拉開車門坐進車裡，準備開出車位，何馨憶幫著注意路況。汽車通過出口後，一路上兩個人都沒開口。氣氛突然變得有點冷淡。何馨憶本想打破沉默，又不確定李恕謙在想什麼，他抿了抿唇。

兩個紅綠燈過去，李恕謙出聲道：「在想什麼？怎麼不說話？」

「沒有。」何馨憶回答，又反問，「那學長呢？」

「我想你可能想說點展覽心得，所以在等你開口。」李恕謙分神看他一眼。

何馨憶心裡一鬆，笑道：「學長想說什麼就說。」

「我沒什麼想法，我沒認真看。」李恕謙實話實說。

「那你還逛了──」他看著表算時間，「一個半小時！」

「嗯……」李恕謙應聲，「有那麼久？」

「對啊，那你在幹嘛？」何馨憶更好奇了，「不想看的話就說，我們可以早點出來。」

「喔，我都在想你。」李恕謙直接了當地回答。

「啥！」何馨憶愣了數秒，羞窘至極，「幹嘛想我！我就在旁邊！」

「我在想可以做什麼，可以怎麼做，你會高興。」李恕謙順應本心地坦白道。

「這樣很多了啦！」他害羞又無奈，「學長你這種話，我受不了。」

「嗯？不能說實話？」李恕謙意外地問，他以為坦誠是交往的先決條件。

「每次都這樣。」他咕噥一聲轉移話題，「你晚餐想吃什麼？」

「你回家後馬上要煮嗎？」李恕謙還惦記著原本的計畫，「那什麼時候有空可以再親一次？」

「學長！這種事不要問我！」何馨憶面紅耳赤地叫道，對直來直往的男人招架不住。

「嗯？你生氣了？對不起啊。」青年突然其來的脾氣讓李恕謙有些意外。

「不是！」他忽然覺得無力，「就是、你想親就親，不要問。」他愈說愈小聲，已經不認識說出這句話的自己。

「好。」李恕謙笑道，「你說的喔。」

話是那麼說，不代表何馨憶預期到當他們走進家門，門關上的那一刻，李恕謙就會伸手壓在門板上，俯下頭輕吻他。

何馨憶一僵，嘴自然微張，李恕謙試探性地將舌頭伸進他嘴裡，輕輕碰觸他的舌尖，他微微顫抖闔上眼睛，用舌尖回應李恕謙的碰觸。李恕謙受到鼓勵，舌頭進得更深，輕舔他的舌面。

何馨憶看似鎮定，心裡卻激動地打鼓。今天他暗戀的人答應他的告白；今天他喜歡的人主動吻他，還吻了四次，這是不是代表他可以更貪心？

他心一橫，第一次主動捲住李恕謙的舌頭用力吸吮，李恕謙熱烈地回應他，舌頭反覆繞著他的舌，唇齒摩擦的聲音讓他更加情動，他忍不住伸手抱住李恕謙的背，動情地來回撫摸。李恕謙呼吸的頻率頓時加快，舌頭更往裡探，同時抱住他的腰，手自然地從上衣下襬探進去，摸上他汗溼的背脊。

何馨憶嗚咽一聲，被李恕謙觸摸的皮膚彷彿張開所有的毛細孔，敏感地感知男人指掌的紋路。他情不自禁地抱緊李恕謙的背，兩個人的身體緊密相貼，他更往前，身體下意識扭動，情欲在摩擦時全面爆發。

李恕謙粗喘著，猛然拉開距離。何馨憶茫然地張開眼，見李恕謙滿臉懊惱，他心裡一沉。他太得意忘形了。李恕謙今天才接受他，甚至都不確定能不能喜歡他，他就貿然貼上去，袒露出深層的欲望，男人會不會被嚇跑，當作一切沒有發生？他愈想，心愈涼。

李恕謙後退兩步，摀住下半張臉，別開眼沒看他。何馨憶喘了幾口氣，癱在門板上只覺得雙腿無力，他盯著地板慢慢貼著門板下滑，蹲坐在地。

比起難過，更多的是深沉的無力感。他那麼努力，好不容易徵得李恕謙的允諾，求到交往的機會，明明只差臨門一腳卻被自己給搞砸了。是不是他們終究沒有緣分？他感情的出路是不是已經到盡頭了？

他自嘲地抬眼，這才後知後覺地發現他正對著李恕謙的下腹，而隱在寬鬆的牛仔褲下方，有一處不明顯的隆起。他詫異地仰頭，只見李恕謙表情侷促，「這是自然反應。」

他吞了一口唾液，李恕謙仍側過臉看向遠方，彷彿像在對虛空的神父低聲告解，「你那樣摩擦，我受不了。」

Be Care For
What You Invest For

投資一定有風險

✦

第十二章

李恕謙硬了。因為他。在跟他接吻之後。

何馨憶盯著男人的下腹，呼吸變得更急促，他鬼使神差地伸出手摸上李恕謙的褲頭，感覺到李恕謙一震。他在李恕謙反應過來之前解開男人的褲釦，拉下拉鍊扯下內褲，昂揚的性器彈出來差點打上他的臉。

他吞了一口唾液，傾身上前張嘴將男人的性器含進去，性器特有的腥臊味、汗味，混著一點點沐浴露的味道竄進鼻腔。他嗆了一口，稍稍退後，含住性器的頂端，微微仰頭抬眼看向李恕謙。

李恕謙瞪大了眼睛，似乎是被他的舉動嚇到。他有些慌亂，深怕自己做得太多太超過，他下意識吞嚥唾液，口腔微微內縮，一瞬之間他感覺到嘴裡的東西脹了一分，更硬更燙。

他心跳飛快，抬眼看向李恕謙。男人漲紅了臉，手掌輕輕放到他頭上，像是一種鼓勵。他微微調整位置，又深呼吸一口氣將李恕謙整個含進去。堅硬的柱體直戳喉嚨，他被嗆得忍不住咽反射，喉頭深處抵摩著男人的性器。

李恕謙粗喘一口氣，他想過這個畫面無數次，難以想像今天會夢想成真，他下意識將青年的頭顱往自己的方向壓，青年的舌頭、青年的口腔，如他那天所感受到的一樣，那麼溼潤那麼柔軟，讓他興奮得難以自持。

何馨憶對口交沒經驗，李恕謙的性器一深入他便再度嗆咳，生理性的淚液盈滿眼眶。他委屈地抬眼，李恕謙這才意識到自己做了什麼，掩住下半張臉往後退開。

何馨憶忽然意識到，如果真的讓對方退開就再也沒有以後了。他狠下心，雙手握住李恕謙的腰，深吸一口氣再度將男人深深含入。他學得快，這一次他沒將性器含到底，成功避免了嗆咳反應。

然後，他用雙手攏住李恕謙露出的下半部。他逐漸習慣腥臊的氣味，便開始上下移動頭部，吞吐李恕謙的性器，同時感覺到男人的性器在自己嘴內微微顫抖。那是李恕謙興奮的證據，男人對他懷抱貨真價實的情欲，他的性欲頓時被勾起，下腹全是熱意。

李恕謙放任他的作為，他就忍不住想做得更多。人大概就是這樣，擁有愈多愈貪心。他微微吐出李恕謙的性器，在頂端親吻，一邊用手指摩擦男人的冠狀溝。男人喘息的頻率瞬間加劇，溼熱的情欲將理智和現實罩上一層薄紗。

他似乎是被誰牽引了，換成跪姿雙膝叉開，單手拉下自己的褲頭拉鍊，掏出性器，順著嘴裡吞吐的頻率套弄。

他邊動邊抬頭，見李恕謙直直盯著自己，瞳孔放大鼻翼微張，喉結反覆滾動，在在顯示男人極其興奮。那給了他鼓勵。他加快吞吐的速度，另一手順著自己最敏感的區域揉撫，腰部跟著挺動，他與男人喘息的聲音重疊，聲音愈響身體愈興奮，性器不停溢出前液。

李恕謙再次下意識按著青年的頭顱往內壓，青年順他的意移動，李恕謙喘息的聲音微微發顫，何馨憶知道對方快要高潮，他更賣力地吸吮移動，自瀆的動作跟著加快。

在瀕臨頂端的那一瞬間，李恕謙猛然推開他，他的牙齒輕輕刮過男人的性器，口中的柱體一顫，在離開他的嘴前已然開始噴發一路噴濺，濺得他滿臉都是。何馨憶被體液弄得睜不開眼，隱隱約約感覺到堅硬的柱體拍上臉頰，同時聽見李恕謙懊惱的聲音，「喔——」

「你等等！」李恕謙匆忙交代道。

然後他聽見跌跌撞撞的腳步聲匆匆遠離，又聽見水流聲，接著聽見李恕謙慌亂的腳步聲返回。他感覺到冰涼的毛巾觸感碰上臉頰，緩慢移動擦拭他的臉。他重新睜眼時，只見男人滿臉懊惱下身凌亂，挺立的性器還垂在褲頭外，性器頂端和地板都是白濁的體液。

「那個，」李恕謙尷尬地拿著毛巾，「我去洗毛巾。」

何馨憶不知道自己是哪來的勇氣，總而言之他在那一瞬間跳起來，抓住李恕謙的手腕，垂眼看向李恕謙亢奮的下身，「學長，你還硬著。」

他不用看李恕謙的臉都能感覺到對方的瑟縮，他無視男人的尷尬，直直盯著李恕謙的性器舔了舔唇，「學長，雖然我不是女生，不過你有沒有試過腿交？」

「呃——小憶，那個，我覺得，不用勉強。」李恕謙被青年扯著走，兩個人跌跌撞撞地走進浴室。

何馨憶脫掉褲子站上浴缸旁的臺階，背向李恕謙雙腿微微分開站立，他向後伸出手指著自己的臀縫下方，「插這裡的話，聽說會爽喔。」

「我覺得真的不用這樣。」李恕謙尷尬到無地自容。他是一時被情欲蠱惑了沒錯，但射出體液之後，情欲的魔咒似乎就被打破了。

「我轉過去的話，你就看不到臉了吧，就算不是女生也沒差吧。」青年無視他的拒絕，自顧自地說。

李恕謙聞言一怔，他瞧向背對自己的青年。學弟甚至沒有脫掉上衣，雙手握著自己的左右臀瓣微微分開，露出粉嫩的穴口，穴口邊緣被體液打溼看起來溼潤柔軟，因被外力分開正勉力收縮著，彷彿在邀請他把粗長的性器放進去。李恕謙深深吐出一口氣，忽然覺得那景象色情至極。

「如果你想插這裡也可以喔，同樣都是插到洞裡面，應該沒那麼可怕了吧。」

青年的聲音很平靜，李恕謙卻感覺到某種蒼涼的氣息，為對方疼痛的情緒一下子湧上來，其中還伴隨著無法辨明的躁意。

半晌他扯掉了自己的牛仔褲和內褲，走近青年，「你轉過來。」

「不要，這樣就很好。」何馨憶硬聲拒絕。

李恕謙難得強硬地握住青年的肩，將何馨憶整個人扳過身面對自己。他喘了一口氣，將硬挺的性器插入青年的雙腿之間，「夾緊。」他低聲說。

何馨憶順從地合攏雙腿，感覺到男人熱燙的性器貼著自己的會陰處，他的性器跟著亢奮，他一邊用手握住自己，一邊伸手抓住李恕謙的上衣下襬。

李恕謙開始前後擺動腰部，他忽然叫道：「小憶。」

「嗯。」何馨憶輕輕應聲，沒有抬頭。

「你可以看我嗎？」李恕謙低聲問。

「嗯？」何馨憶緩緩抬頭，對上李恕謙的眼睛。

李恕謙沉聲道：「如果我想上你，我一定會看著你的眼睛。」他突然伸手扣住青年的腰，加快挺動的速度，「像是這種事，我不是誰都可以。」

粗壯的性器在何馨憶的會陰處快速摩擦，大腿內側被磨得又熱又疼，李恕謙的挺動不斷擦過他的囊袋，他本能地想退縮，李恕謙卻陡然掐住他的腰，傾近他的身側。

「我不是禽獸。」男人的聲音低沉，帶著不可錯辯的怒意。

李恕謙的態度強硬得不同以往，何馨憶掙脫不得，腿側和囊袋的疼混成一股悶氣梗在胸口，脾氣一上來他根本無法控制，「你不是一直硬著？」

話一出口何馨憶就後悔了，他知道自己的脾氣毫無道理，卻沒辦法說出一句歉意，他倔強地抿著唇瓣，忍著腿間的疼直直瞪著李恕謙。

李恕謙握在青年腰上的指掌瞬間收緊，反射性地回，「那是因為你！」他臉色潮紅喘息粗重，雙手將青年的腰際握得更緊，「只有你，是你讓我硬著想幹，所以不要再說什麼『只要能插到洞裡，誰都一樣。』這種話。」

此刻，他已經沒辦法去想自己是不是錯把情欲當成愛戀的情感，卻知道自從和第二任女友分手以後，只有何馨憶一人讓他懷抱著情欲。

何馨憶深深喘息，戳在他腿間的性器又熱又燙，李恕謙沒有說謊，他的學長向來誠實，就連答應他的告白之前都將風險講在最前面，說自己可能不是同性戀。也同樣是這個人，穿著上衣裸露著下半身，挺著性器在他腿間摩擦，離插入只差一步。

他無端地感到急躁，急切地想得到某種證明，何馨憶喘了幾口氣決定豁出去，「那你插進來，證明給我看。」他張開大腿，用兩指揉撫自己的穴口，「就這裡，看著我的眼睛插進來。」

李恕謙停下動作，他的喘息粗重，分不出是欲望還是不知所謂的怒意，他單手掐著青年的腰，一手扶著自己的性器，對準青年的穴口慢慢探入。

男人只探入一點，何馨憶便疼得咬緊牙根，緊張讓身體繃得更緊，李恕謙的尺寸比他的手指粗得多，只進一吋便卡在穴口。他疼得無法思考，隱約聽見李恕謙的嘆息。下一秒男人撤出了性器，他反射性去抓李恕謙的衣袖，「別、別走。」

投資一定有風險

「你根本不想，為什麼要勉強？」事情發展到這個地步，出乎李恕謙的意料。

他想盡可能減少學弟的憂慮，因此只要何馨憶提出要求，他就會盡力去做，但這些要求的先決條件都是青年會快樂。他才探入一點，青年便抓緊他的上衣下襬，全身緊繃微微發抖，弄得像他要強暴對方。為什麼一場興之所起的性愛卻讓兩個人都那麼無措、慌亂又疼痛？

李恕謙閉了閉眼，是他失態了。他知道學弟的心結，也有心想慢慢解決，但何馨憶卻一股勁地逼他也逼自己，執著地確認這段關係的真實性。

他知道青年的不安，卻惱怒於自己被學弟想得那麼不堪，好像他對任何對象都能發情。他所表達的情欲被青年完全曲解，被糟蹋的怒意一時間無處發洩，他明明注意到青年的緊張，卻還是順著學弟的意插入，然後讓青年在他懷裡疼得發抖。

簡直亂七八糟。李恕謙伸手拿過蓮蓬頭調了溫水，將自己和何馨憶的下半身沖洗乾淨，然後拿了兩條毛巾，一條扔給青年，一條自己拿來擦拭身體。何馨憶沉默而溫順地擦乾身上的水珠，跟著他走出浴室。李恕謙低聲說：「我回房間穿褲子，你也穿一下。我們晚點談談吧。」

李恕謙進到自己房間，掩門的那一瞬，透過門縫看見何馨憶背對著他穿褲子，兩條白皙的大腿微微分開腿間泛紅，李恕謙深吸一口氣，倏地關上門。他匆匆找出自己的內褲和休閒褲穿上，坐在床沿整理自己的情緒。

他沒有想到他和何馨憶確立關係的第一天，就發展到這個地步，他沒有心理準備要做這些事，最多想過讓青年幫他口交而已。如果早知道青年會那麼急，他至少會先搞清楚男人之間的侵入性性行為是怎麼回事。

女孩子的第一次都會痛，但男人的生理構造不同他也沒有研究，只知道同性做愛用的是肛門，但顯然不是直接插進去就好，不然何馨憶就不會疼得發抖。

李恕謙沉沉地呼吸，他打開電腦上網搜尋相關資料。他對那些男男性愛圖片毫無感覺，那或許側面說明不是所有的男性都會引發他的情欲，只有何馨憶對他而言是特別的。

他邊看邊做筆記，從灌腸、潤滑、清理到尋找前列腺，都做了一番研究。許多東西家裡沒有，他打算上網去訂。他瀏覽了商品評價打算下訂時，忽然想到有一個對象能夠讓他諮詢。

他拿過手機撥出電話，「喂，陸臣哥，你現在有空嗎？就是，你們潤滑劑都是用什麼牌子？」

他聽到陸臣說「你等一下」便等了一會，等陸臣重新接聽時，他才想起來要交代對方，「陸臣哥你不要跟老師說。」

「嗯？可是我已經問了。你們終於要做了嗎？」陸臣語帶笑意地說了一個品牌。

「還沒啦。老師有說什麼嗎？」李恕謙尷尬地問。

「他說，你有哪裡不懂可以問他。」陸臣一本正經地回答，「他可以教你怎麼找敏感點。」

李恕謙瞬間嗆了一口氣，「……謝謝老師，謝謝陸臣哥。」

「不用謝。」陸臣又加上一句，「他現在有空。」

「……好的。」李恕謙五味雜陳地掛上電話，抬手掩住臉，滿面通紅。半晌他終於下定決心，撥出另一通電話。

「喂，老師，我是恕謙。」他忍著羞恥低聲問，「那個，我想問，怎麼樣可以讓對方舒服？」

Be Care For
What You Invest For

投資一定有風險

✦

第
十
三
章

投資一定有風險

明明是很羞恥的問題，指導教授講起來卻正經得像在講課，還說了許多手指彎曲的技巧，教他判斷對方愉悅的聲音。李恕謙邊聽邊做筆記，忍著不去想像指導教授在房裡是怎麼把這些技巧用在陸臣身上，他怕他下次沒臉面對陸臣。

「最重要的是動作放慢，隨時留意對方的反應。」指導教授停了一下，再開口時聲音有些沙啞，「他不舒服你就要停。」

「知道。」李恕謙將「慢」這個字圈起來，打上五顆星。

「還有問題嗎？」指導教授低聲問，電話那頭隱隱傳來親吻吸啜的聲音。

李恕謙識相地說：「應該沒有，謝謝老師。」

指導教授簡單地說：「掛了。」

「老師再見。」

李恕謙起身伸了懶腰才意識到餓，時間接近晚間七點，是時候吃晚餐了。他打開房門，燉牛肉湯的濃郁香氣在整個空間飄散，李恕謙腳步一頓停在門邊。

青年背對著他，腰間繫著圍裙，右手拿著湯勺正在低頭試湯的味道，圍裙勾勒出青年渾圓的臀部與纖細的腰身。他吞了口唾液，剛才搜尋的資料慢半拍地讓他起了些微的生理反應。

「學長，等一下就可以吃飯了。」何馨憶聽到開門聲回頭，笑容再自然不過，彷彿方才的一切從未發生。

李恕謙心中一動。自從青年開始上班之後，他有許久不曾見到站在流理臺前的青年了。曾經，當他發現有除了母親以外的人殷勤為他準備晚餐，他充滿欣喜和感激。如今再一次見到青年為他下廚，他的心情特別複雜，尤其在知道青年是抱著什麼心情做這些事後，他除了欣喜和感激還有更多的憐愛。

心隨意動，李恕謙不由自主地走到何馨憶身後輕輕攬住青年的腰，將青年擁在懷裡的感覺像收復失土般心滿意足，彷彿青年就該在他懷裡。李恕謙自然地俯身在青年頰側落下一個輕柔的吻，「你加了什麼？好香。」

何馨憶僵了一瞬，撇過臉小聲說：「一些中藥材，我媽配的。」

「阿姨弄的？好厲害。她是中醫師嗎？」李恕謙第一次聽到青年談家裡的事，極感興趣。

「就懂一點，我外婆家是開中藥行的。」何馨憶不自在地動了動，「學長你先放開，你這樣我不好煮。」

李恕謙微微扯起唇角，忽然萬分享受攬著青年腰際的動作，他在同樣的位置又落下一吻輕聲說：「那吃飯的時候，你說給我聽。」

何馨憶輕輕「嗯」了一聲。李恕謙揉了揉他的頭，「我去擺碗筷。」

青年準備了兩菜一湯，湯是現熬的牛肉湯，一道蒜蓉高麗菜和一道鹹蛋豆腐，李恕謙被香氣誘得胃口大開，埋頭吃了大半碗。他抬頭時，見青年正用筷子撥弄碗裡的白飯，沒吃多少。

李恕謙主動打破沉默，「你說你外婆家是開中藥行的，現在還有在做嗎？」

「嗯。」何馨憶打起精神回答，「有，現在是我舅舅在做，他們有跟中醫診所合作。」

李恕謙又問：「那你媽呢？」

「她是小學老師。」何馨憶說，「帶一些低年級的學生。」

「那你爸做什麼？」李恕謙閒聊道。

「他在銀行工作，過幾年就可以退休。他說太辛苦了，真想回家種田哈哈哈。」說起親密的家庭成員，何馨憶笑道。

眼見青年恢復笑容，李恕謙揚起唇，「真的滿辛苦的。你還有其他兄弟姐妹嗎？」

「我還有一個姐姐大我七歲，是上班族。」何馨憶反問，「學長家呢？」

「我爸是做手工西裝的，自己接案。我媽結婚以前有在賣場上班，嫁給我爸之後就離職了，幫我爸一起做，她負責算錢。」李恕謙微笑，「她很喜歡講他們一起打拚的故事。」

「學長的爸媽感情真好。你有兄弟姐妹嗎？」

「有一個弟弟小我五歲，在南科工作，他的工作很血汗。」李恕謙一想起兄弟的排班，就忍不住咂舌。

投資一定有風險

「我聽說南科很操。」何馨憶心有戚戚，這也是他當初不考慮去南部工作的原因之一。

「就看哪間公司吧，半導體業沒有不操的。」李恕謙搖搖頭，「對了，下週末我要回老家一趟，週一才會回來。」

何馨憶眨了一下眼睛，面不改色地問：「又是要去相親嗎？」

李恕謙微愣，沒搞懂話題怎麼跳到那裡去。他望著青年，見學弟嘴角含笑神態輕鬆，放在桌上的右手卻收攏成拳，拇指在食指側腹反覆摩擦。他看到青年的焦慮，心疼到眼眶發熱，到底青年對自己是多麼沒有信心？

過去當聽到他要去相親，青年失措得打破一個碗，現在青年甚至能體面地微笑，幾乎不讓他察覺到自己的失態。他知道在這段感情裡青年很焦慮，很卑微。

何馨憶焦慮到沒準備好就希望能與自己確定關係，卑微到就算和他鬧得不愉快，也要強撐著煮晚餐，裝作一切都沒發生。同時青年還倔強到，就算他有可能要去相親也要強裝鎮定，假裝一切都對自己毫無影響。

李恕謙愈了解何馨憶，就愈沒辦法丟下對方不管。他想要安撫青年，想讓青年安心，想讓青年坐在他對面快樂地微笑。他分明一早才說不知道自己是不是同性戀，不能保證未來，一天都還沒有過完，一看到青年在他面前逞強，就忍不住想給予承諾，想替對方撐起整個世界。

這個念頭不是一天產生的，也不是從聽到告白之後產生的。事實上在李恕謙和何馨憶相處的時光裡，他模模糊糊地意識到，他想疼寵青年，想守護青年，那些情感逐漸累積到今日，鞏固成一個堅定的信念。

李恕謙忽然清楚地意識到，這不會是錯認情欲造成的情感。就算無法發生關係，他的感覺也不會改變，這一刻他的心緒是前所未有的清明。李恕謙慢慢地說：「不會去了，我會拒絕。我會好好跟我媽說的。」

何馨憶微微扯唇，「學長，你想好了嗎？你確定嗎？你可以反悔。」

李恕謙向前伸手，橫過餐桌蓋住青年的右拳，「未來的事誰也說不清楚，但我知道在這個時間點我選擇了你，我想要你留在我身邊。」

「即使你可能會被別人指指點點，即使你爸媽可能不同意，即使你對我硬不起來？」何馨憶的問題一個比一個犀利。

李恕謙心平氣和，「被人指指點點無法避免，自己行得正就好；我爸媽那邊交給我來處理，你不用擔心；至於你的最後一個問題，」李恕謙停了一下，臉色微妙，「我覺得那不是問題。」

何馨憶呼吸一滯，想到稍早之前李恕謙抵著他腿間的硬挺，他的臉色微微一紅。

李恕謙一字一句地說：「小憶，你聽我說，我喜歡你的程度一定不及你喜歡我的程度，我們對彼此的喜歡有一個濃度差，但是當我們在一起時這個喜歡是會流動的，你把你的喜歡分我一點，我們對彼此的喜歡總會有對等的一天。在那之前，那些多出來的喜歡都當作是你借給我的，我會盡我所能地珍惜。」

他看見青年的表情僵住了。忽然間一滴眼淚無預警地從他的眼角落下，墜入飯碗裡。李恕謙伸出食指，等在青年的眼角邊緣，在第二滴眼淚墜落之前接住了它。

何馨憶眨了眨眼睛，他掩住下半張臉撇過頭去，悶悶的鼻音透過指掌傳出來，「可以幫我拿一下衛生紙嗎？」

李恕謙依言抽了張面紙遞過去。何馨憶接過面紙用力擤鼻涕，他擤了幾次，將面紙揉成一團擺在手邊。李恕謙見青年眼眶泛紅，鼻子也泛紅，但沒有眼淚，心裡鬆了一口氣。

飯後，兩個人移到沙發上吃水果。李恕謙見青年的心情平復，決定把壓在心底許久的問題輕輕拋出來，「小憶，你為什麼喜歡我？」

何馨憶抬眼看他，「你會問你每一個女朋友這個問題嗎？」

李恕謙搖搖頭，「不會。她們都沒有像你這樣。」

「哪樣？」何馨憶平心靜氣地問。

「喜歡我到生病了也要告白，因為不能喜歡我就大哭。」李恕謙表情誠摯，

「所以，你為什麼喜歡我？」

「因為你是個好人。」何馨憶唇角微勾，順口道。

「啊？」李恕謙莫名其妙被發了卡，失笑道，「就因為我是好人？我也沒那麼好。」他自己從不覺得。

「你還記得碩一下學期，我有一陣子做研究一直鬼打牆嗎？都靠你 carry 我。」何馨憶扯了扯唇。

李恕謙拍著青年的肩，順勢將青年攬進懷裡，下巴抵在青年的肩頸上，「這有時候是運氣，剛好你的題目發展方向不好驗證。」

何馨憶輕輕嘆了一口氣，「那也可以說是運氣不好吧。那段時間，我碰到以前的國中同學。我應該沒有跟你說過，我國中的時候曾經被同學排擠。」

那個出乎意料的理由讓李恕謙挑起眉，隱隱覺得有股氣在心頭悶悶地燃燒，「為什麼？」

何馨憶現在回想起來，已經能夠心平氣和地分析，「因為我的名字很像女生，每個點名的老師都這麼說，然後我對女生講話比較客氣，女生朋友比較多，所以就被男生排擠，體育課分組都會落單。」

「喔。」李恕謙可以理解這些因素會成為霸凌的原因，但不代表他就能夠忍受青年被霸凌。

「當時我們剛好在同一家店吃飯，他們發現我在旁邊，說了一些很難聽的話。」何馨憶拿起火焰抱枕抱在懷裡，回憶道。

李恕謙眉頭微微皺起，怒氣逐漸勃發，「說什麼？」

「我現在不想重複，反正事情已經過去了。因為這樣，我那陣子的心情都很不好也沒有心做研究，結果要報告的時候就被老師釘在臺上，你記得嗎？」

「好像有印象。」李恕謙幫學弟妹緩頰過很多次，青年不是唯一的一個，他也不記得具體細節。

「老師那時候說，如果我不想做的話可以考慮休學，叫我回家想一想。」一回想起當時的險境何馨憶還心有餘悸，深怕自己拿不到學位，「我嚇死了。」

投資一定有風險

他當時雖然無心研究，但完全沒有休學的念頭，他更怕嚴肅的指導教授為此放棄他，不讓他畢業。

「老師對研究很嚴謹，如果你敷衍他一定看得出來，他會覺得你在浪費他的時間。」李恕謙跟著指導教授多年，對指導教授的脾氣有一定程度的了解。

「老師當時說，如果我下次 meeting 不能交出一點成績，就不用再當他的學生了。我超害怕，還打電話去問你怎麼辦……」為了在隔週的進度會議中交出數據，他熬夜好幾天看了近十年的文獻，又到處借時間預約貴重儀器做實驗，就怕交不出實驗結果。

「噢，我想到了，就是你半夜趴在實驗室哭的那一次吧。」李恕謙當然對這件事有印象。當時他半夜接到校警的電話，說有學弟在實驗室哭。他嚇了一跳，急忙騎車回學校。他一進實驗室，先跟校警道謝再問青年怎麼回事。

青年趴在自己的位子上哭泣，邊哭邊問他會不會畢不了業。李恕謙從學弟抽抽噎噎的泣音裡拼湊出前因後果，用一瓶罐裝舒跑安撫慌亂的學弟，把人載回宿舍叫學弟去睡覺。然後他花了兩小時幫學弟挑出可以用的參考文獻和數據，簡單弄了簡報，在下午的每週進度會議幫學弟請病假，替學弟報告進度。

沒想到當年學弟失態，是因為背後還有這樣的原因。李恕謙勉強壓抑怒氣，

「你後來還有再碰到那群人嗎？」

他當時怎麼沒有多問幾句，讓何馨憶獨自面對那些人？如果他夠細心，對青年再多關心一點，也不會發生這種事。

「沒有，沒事了。」察覺身後男人低落的情緒，他安撫道，「而且最後還是靠學長幫我。幸好有學長在，老師才沒有開除我。」

青年一提到指導教授，李恕謙便陷入回憶，「其實老師很關心你的。meeting結束後，老師還把我找去辦公室問你怎麼樣。」指導教授就是標準的刀子嘴豆腐心。

「你怎麼說？」何馨憶緊張地搓著指尖，怕指導教授覺得他裝病偷懶。雖然已事過境遷，他對指導教授仍有不可言說的懼意。

「我說你有點感冒，做研究太累了。」李恕謙柔聲道，「我當時不是跟你說了嗎？老師叫你好好養病，身體好了再去跟他報告研究進度。」

「我還以為那些話都是你安慰我的。」何馨憶垂下肩，輕輕呼出一口氣，「我那時候想學長怎麼人那麼好，一通電話就來找我，陪我聊天，幫我做報告，還幫我跟老師說情，你就是個天生的爛好人吧？」

何馨憶邊說邊笑，笑意溢出嘴角眉眼微彎，眼角末端微微揚起。那原是李恕謙看慣的笑容，此刻卻從中看出一點情竇初開的甜蜜，他情不自禁地傾身吻在青年的眼角，感到唇下的睫毛輕輕顫動，搔得他的心微微發癢。

現在回想起來，雖然當時不管是哪個學弟妹，他都會做一樣的事，但是他仍然慶幸自己曾經那麼做。李恕謙抱緊青年的腰，下巴抵在對方肩頭揉撫，心裡感到平實的滿足。「謝謝你喜歡我。」他誠心誠意地道謝。

何馨憶不自在地動了動，「謝什麼啦！」

「就是，謝謝你喜歡的我是原本的我。」李恕謙試著想表達自己的感動，卻只說出了宛如證明題般的用詞。

何馨憶笑著擁抱他，「從以前到現在學長都是最好的人。」

他的學長會毫無私心地照顧學弟妹，會珍惜捧到自己面前的感情，就算不是自己預期的性向，也會為了不願意辜負他的感情而努力。這就是他所喜歡的人，值得他不顧一切地傾盡全力去爭取。

火車慢慢降低行駛的速率，李恕謙站起身跟著人群往門口移動，走下火車。室外的溫度比火車車廂內高了好幾度，頃刻讓他冒出一層細微的薄汗，熱風迎面而來，他微微彎起唇，瞬間有了回鄉的親切感。

李恕謙走出後站繞過大遠百，在百貨公司後方找到父親的車。他拉開車門坐上副駕駛座，父親等他繫好安全帶才發車。

「媽呢？」李恕謙調整了冷氣出風口，隨口問。

「你媽去菜市場買鵝肉，等一下回家吃。她做了一桌菜。」李敏知打著方向盤開進圓環，右轉第二條路出去。

「恕和今天有上班嗎？」李恕謙又問。

「有，他晚一點才回來。」李敏知慢慢降下車速，開進自家騎樓下方停車，「快進來吃飯吧。」

李恕謙背起背包，進門喊道：「媽，我回來了。」

「快來吃飯，我買了超多好吃的！」梁淑芬從沙發上站起身，順手接過李恕謙的背包，「怎麼那麼重？」

「我自己來就好啦。」李恕謙拎著背包迅速爬到三樓，進到自己房間後將背包隨手放在座椅上，又匆匆下樓走進廚房。

餐桌上擺好了三副碗筷，碗裡盛著熱騰騰的白飯，白煙裊裊。李恕謙坐在餐桌旁拿起碗筷，夾起面前的鵝肉咬了一口，肉質新鮮多汁又爽口，他配著扒了兩口飯，又去夾青菜。

「這邊還有焢肉。」梁淑芬將一塊焢肉夾到李恕謙碗裡，「恕謙啊，媽媽幫你問了王阿姨，就是上次幫你介紹瀞杉的阿姨啊，她這次又有好對象要介紹給你，幫你約明天中午吃飯好不好？」

李恕謙一頓，放下手中的碗，將木筷橫在瓷碗上方。他抬起頭看向母親，思索著要怎麼開口。

「怎麼不吃？不好吃嗎？」梁淑芬意外地問。

「媽，妳不用幫我介紹了，我有對象了。」李恕謙輕輕地說。

「真的嗎？是做什麼的？有機會帶回來給媽媽看啊。」梁淑芬的笑容更加燦爛，「怎麼不早說，害媽媽白擔心一場。」

「是做製程的工程師，跟恕和的工作差不多吧。」李恕謙給出一個母親容易理解的形容。

梁淑芬皺起眉，直覺地問：「女生做那個不會很辛苦嗎？要輪班怎麼顧小孩啊？」

「是比我的工作辛苦啦。還有，他不是女生。小孩的話，以後可以請保姆帶。」李恕謙一個問題接一個問題地回答。

「啊？什麼叫不是女生？」梁淑芬停下進食。

李恕謙深吸一口氣，瞬間丟下震撼彈，「我交了一個男朋友。」

「匡噹」——木筷瞬間從梁淑芬的手中滑落。

與此同時另一個男人正要踏進廚房，他輕快地說：「我回來啦！欸，哥你回家啦，好久不見。」他環視四周納悶地問，「媽，妳筷子掉了怎麼不撿？」

Be Care For
What You Invest For

投資一定有風險

✦

第十四章

梁淑芬緩慢地低下身軀，彎腰到桌下撿起木筷，廚房裡安靜得只聽見椅子摩擦滑動的聲音。李恕謙站起身替母親拿了一雙乾淨的木筷放在她面前，隨後招呼弟弟，「你回來啦，快來吃飯吧。」

「喔。」李恕和拿著熱氣蒸騰的白飯，單手拉開兄長身旁的椅子坐下，桌上的菜餚很豐盛，雞腿、豬腳一應俱全，只差沒有海鮮。

父親一如往常的寡言，母親卻沉默得不像話。李恕和直覺氣氛有異頻頻往身旁看，希望兄長給他一點暗示，誰知李恕謙彷彿沒看見他飄來的視線，低下頭自顧自地吃飯。

李恕和毫無頭緒，只能嚥下詢問，他彆扭地扒了幾口飯，隔壁的兄長忽然站起身，「我吃飽了。」

李恕謙拿著自己的碗筷到水槽清洗，梁淑芬跟著站起來，「恕謙，你等一下，我們到客廳去講。」

李恕和側轉身軀，悄悄向後方看去，梁淑芬頭也不回背對他道：「恕和吃飽的話，去把碗筷收一收。」

「喔。」李恕和肩頸一縮不敢多說，他匆匆從各盤夾了一些菜放到碗裡，拚命地扒飯，努力將自己的存在感縮到最小。他聽見身後的兄長和母親邁開步伐，走到外頭的客廳，他這才有膽向父親打聽發生什麼事。

「你哥說，他交了一個男朋友。」李敏知皺起眉，複述了李恕謙的宣言。

「啥？」李恕和發出難以置信的單音，「可是，他不是、他之前不是交過女朋友嗎？所以他是、呃、雙性戀？」

李恕和試圖從自己的現有詞彙裡，挖出一個最能定義李恕謙性向的專有名詞。那個字大概嚴重冒犯了李敏知，男人的眉頭皺得更深，「不要亂說話。」

「喔。那，爸你覺得怎麼樣？」李恕和悻悻然地應聲。

說實話，他多少有點幸災樂禍。李恕謙無論成績、工作、成就總是壓他一頭，在父母眼中他永遠比不上兄長。

他們兩兄弟各自出社會以後，如果父母在生活上有些問題拿不定主意，他出

投資一定有風險

的意見沒有可信度，父母總要再問一次兄長的意見。明明兩個人的見解並無不同，但父母總是以李恕謙的建議為依據。

加上李恕謙住在外地，每次回家父母都對兄長格外殷勤，吃飯的菜色總會照李恕謙的口味做。

他有自知之明也很尊敬兄長，但偶爾還是會覺得父母偏心。畢竟從以前到現在，只有他被母親單獨叫去問話，他從沒想過有一天，事事完美的大哥也會出錯。

「唉。」李敏知重重吐出一口氣，似乎想吐出所有的抑鬱，「不知道哪裡弄錯了。」他彷彿在自言自語。

那一口氣將李恕和的幸災樂禍沖淡了。他放下碗筷，思索著如何安慰父親。李恕謙要交男朋友或是女朋友對他並無影響，只要兄長高興就好，但是對父母那一輩的人來說，事情不是那麼簡單。

「嗯，我覺得，哥哥喜歡的比較重要，畢竟人家是要過一輩子，又不是跟你和媽。」他小心翼翼地揀選著中性字彙，轉成父親可以接受的語句，「不如就想像你以後會有一個比較 man 的兒媳婦也可以啊。」

「他們又不會有小孩。」李敏知沉著臉反駁。

「小孩領養就好，要做試管嬰兒也可以。現在科技這麼發達，要小孩不難啊。」李恕和盡量以輕鬆的語句想將大事化小，「這個不是問題啦。」

「他們要辦婚禮怎麼辦？誰要嫁給誰？這一切就混亂了，我要怎麼跟大家講說我兒子要結婚，新娘是男的？別人一定會覺得很好笑。」李敏知沒辦法想像一個男人穿婚紗的樣子，簡直不倫不類。

「婚禮就是兩個人結婚，不用定義誰要嫁給誰吧？如果爸怕被笑，那就不要辦婚禮？」李恕和順著父親的意，提出解決方案。

「不辦婚禮怎麼可以！那我要怎麼讓大家知道我兒子要結婚？不行，不行。」

李敏知搖頭。

「爸，其實我覺得如果你真的辦婚禮，他們不會笑你啦。他們只會覺得你很前衛，多一個兒子孝順你，這樣不是很好嗎？」李恕和開始畫大餅。

李敏知沉默著沒說話。李恕和繼續說：「而且還是要哥哥喜歡最重要，如果他就是喜歡男生，那硬要叫他找老婆，不是害了那個女生嗎？如果他跟女生結婚以後不舉怎麼辦？他們也不會有小孩啊，還不是要做試管嬰兒或領養，有什麼差別嗎？」

李敏知沉著臉，「不要亂說話。」

李恕和看不清父親的態度，只得繼續緩頰，「我是覺得啦，不管怎麼樣你們還是看看哥哥的男朋友是什麼人，不要一開始就反對，就算是交往也沒有說以後就一定會結婚嘛。」

「嗯。」李敏知心有成算，「好了不說這個了，你吃完飯，這些都給你收。」

他站起身將自己的碗筷放進水槽，然後走出廚房。

「唉——」李恕和嘆出長長一口氣，想不到自己有一天也要擔任父親和兄長之間的潤滑劑，這種苦差事誰做誰倒楣。

尖銳的熱意燙上皮膚，李恕謙忍不住一顫。身旁的母親立刻察覺他的舉動，用彎曲的手臂輕撞他一下。

李恕謙拍落手臂上的一小截香灰，用食指指腹輕輕敲落剩餘兩炷線香上燒剩的香灰，灰白色的灰碎落一地，一瞬間便在人群的踩踏中消散。

天氣悶熱，信徒眾多香火鼎盛，李恕謙闔上眼睛，在心裡默念祈福的心願。

「媽祖娘娘您好，我是李恕謙，請求您保佑我們全家平安，身體健康，父母兄弟長壽，工作順利。」他默念幾句就詞窮了，耳邊還能聽見母親細碎的叨念。

「請保佑我先生李敏知身體健康，他最近腰不太好，有長一點骨刺，希望媽祖保佑骨刺可以消除；請保佑我兒子李恕謙工作順利，碰到好上司、好同事、好朋友，一切平平安安，然後交個女朋友，媽祖娘娘幫我多看看，要漂亮又溫柔又能幹的；還有，請保佑我小兒子李恕和工作順利，碰到好上司、好同事、好朋友，一切平平安安，交個溫柔一點的女朋友，早點結婚讓我帶孫子。多謝多謝媽祖娘娘保佑，多謝多謝媽祖娘娘保佑。」

一旁的母親虔誠地祈願，他忽然不合時宜地想起何馨憶在小小的流理臺前忙碌的身影，那一幕隱隱和小時候替他準備晚餐的母親背影重合，他微微揚起唇，莫名地覺得心更安定。

昨日母親混亂又氣急敗壞地質問，他說不出自己轉變的原因，兩個人僵在那裡，母親更加著急，還問他是不是撞邪了，匆匆拿著他的衣服去附近的巷口收驚，還叫他喝了半碗符水，他無奈得要命。

今日一早母親又拉著他來知名的天后宮拜拜，直說這裡的月老廟很靈驗，一定能幫他安排一個好對象。他不想跟母親吵架，只能順著對方的意，站在熟悉的廟宇，拿著香虔誠地祈求。

他的祈願很快就說完了，母親還要從頭再念。他放空心思，凝視著廟堂深處的黝黑神像，他有種錯覺，彷彿能從神像雕刻的剛硬面容裡讀出一點悲憫。他忽然想起自己還要祈求什麼，「您好，我是李恕謙，請保佑我和小憶的感情順利，希望爸媽都能接受他，希望社會對我們更寬容一點。謝謝您！」

他在心裡反覆默念三次，才睜開眼睛。母親又拉著他去拜月老，他照著母親的指示拜拜，心裡將剛才的祈求默念多次。

回家之後一家人坐在廚房吃飯，他說道：「我明天還要上班，今天要坐下午兩點的火車。」

「我載你去後站吧。」李敏知應道。

「謝謝爸。」李恕謙吃完後便上樓去整理行李，背著背包在客廳等待。

母親提著一袋水果給他，「這橘子帶回去吃吧，很甜的。」

「不用啦，我都可以買到。」他笑著拒絕。

母親又抱了他一下，「路上小心，要保重身體，還要……」母親住了口，迴避那個不能提及的話題。

「我知道，媽再見。」他裝作沒聽到，回抱了母親。

他坐上車，父親便發車開往火車站。他拿不準父親的意思，也沒有開口，李敏知等開了兩個路口才說：「你媽年紀大，有什麼事順著她，別跟她吵架。」

「嗯。我不會跟媽吵架。」李恕謙應聲。

「至於你那個……我也搞不懂年輕人在想什麼，別再跟你媽提就是了。」李敏知交代道。

「嗯。那爸覺得呢？」李恕謙輕輕地問。

「我覺得這不太正常。」李敏知講得很直，「我對你有點失望。」

李恕謙吞了口唾液，沒回話。這是父親第一次對他說重話，他不得不承認確實受到了打擊。氣氛在沉默裡僵持，「到了，下車吧。」李敏知說。

「爸再見。」李恕謙下車，朝父親揮手道別走進火車站，他拿出車票經過剪票口，坐在塑膠椅上等火車。

他來得太早，他訂的那班火車還要再等四十多分鐘才會抵達。午後的氣溫特別悶熱，汗水冒出他的後頸，沁溼了與背包相貼的後背。他垂下頭，傳了一則訊息給何馨憶。

我要回去了，到臺北沒誤點的話應該是晚上六點半，回家大概七點多。

青年很快回傳，你要回家吃飯嗎？

要。他回覆，一起吃。

早在他答應青年的告白時，就想過父母可能會無法接受，卻沒想到母親的反應會那麼大，父親甚至說對他很失望。他煩悶地靠著塑膠椅背，忽然迫切地希望能看見何馨憶，抱一抱他，和青年一起吃晚餐。

「你幹嘛？」

李恕謙抬起頭，他的合作伙伴蕭啟端雙手環胸斜靠在他桌邊，「怎麼看了半天還在這一篇 paper？」

「啊。我在發呆。」李恕謙牽起唇角苦笑。

蕭啟瑞微微挑眉，湊近李恕謙的實驗報告，「怎麼回事？哪裡卡住了？我們不是很順利嗎？之後還可以接上靳教授那邊的計畫。」

「不是研究的事，別擔心。」李恕謙輕輕搖頭。

蕭啟瑞放下心，隨便猜測，「那就是家務事，跟你女朋友吵架？」

「恕謙有女朋友？長怎麼樣？有照片嗎？」助理研究員程德發聽見關鍵字，拉著滾輪椅滑進閒聊範圍，跟著聊起八卦。

「沒有吵架。」李恕謙失笑道，他無意識用手掌撫平角落被摺到的期刊論文，只覺得心煩意亂。

「喔！所以有女朋友！我們可以看照片嗎？」程德發瞬間抓住關鍵訊息。

「不是女朋友。」李恕謙從口袋中拿出手機，解鎖畫面正是他和何馨憶的合照，「就是他。」

「喔……好、」程德發準備好的感嘆卡在喉嚨，他清清嗓子，「好可愛。」

「嗯，很可愛。」蕭啟瑞一本正經地附和，接著問，「你們交往多久了？」

「快一個月吧。」李恕謙收起手機。

「喔。那你幹嘛心情不好？」蕭啟瑞短促地應聲，又觀察李恕謙的臉色，往最有可能的情況猜測，「你家裡反對？」

「嗯。他們不能想像。」李恕謙沉沉地吐出一口氣。

「喔……」蕭啟瑞頓了一下不知如何接話，他見程德發若有所思馬上問，「發哥有什麼想法？你幫恕謙想一想，你這個年紀要如何接受你兒子的男朋友？」

「嗯？我、我這……」程德發一愣，他吞吞吐吐，顯然沒準備好要說什麼，「我也不知道。」

李恕謙主動結束這個話題，「沒事啦。啟瑞找我什麼事？」

蕭啟瑞鬆了一口氣，隨手指著李恕謙桌上的某篇期刊論文某一段，「就是剛剛說到的研究，我覺得我們可以改測這個區段的波長。」

李恕謙拉回注意力，「啊，你說的應該是另一篇吧。」他從抽屜拿出另一份寫滿筆記的論文，「這個吧？」

「對對對，沒錯沒錯。你覺得怎麼樣？」蕭啟瑞連連點頭。

李恕謙沉吟道：「我覺得啊——」

投資一定有風險

下班後李恕謙將車開到何馨憶的公司附近，他傳了一則訊息通知青年，便打開車窗熄火，望著前方發呆。母親每天會撥一通電話關心他當天過得如何，每當他提及何馨憶，母親就會立刻轉移話題，一個勁地向他分享鄰里與親戚之間的椿椿美滿婚姻，根本不給他開口的機會。

他既無奈母親的固執，卻也不願傷母親的心，折衷之下只能安分地聽。青年意識到他每日都會花費一段時間講電話，曾疑惑地問發生什麼事，他用幾句話敷衍過去，畢竟這是他這邊的問題，不應該讓青年來煩惱。

冬日天暗得很快，盞盞路燈漸漸亮起，在燈桿身後拉出瘦長的影子。冷風吹進車裡，他搭在方向盤上的左手指尖冰冷得失去知覺，他仍然沒有把車窗關上。車裡太悶，他需要冷風冷卻思考過熱的腦袋。

他停在較遠的位置，下班人潮一過附近便了無人煙。他等了一陣子，手機鈴聲忽然劃破寂靜。

「喂。」他接聽手機。

「喂，哥。怎麼樣？」李恕和叫他一聲權充打招呼。

李恕和沒頭沒腦的一句話，李恕謙卻知道對方在問什麼，他懶懶地回，「就那樣，媽也是嗎？」

「是啊。」李恕和應道，「你知道嗎？媽之前不是在那裡嫌筱秀的工作太忙，個性太硬，現在她居然說，跟你這邊比起來筱秀其實還不錯。欸，你可以等我求婚成功以後，再跟你男朋友分手嗎？」

「幹。我們才不會分手。」李恕謙笑罵道。

「那我就不急著求婚了。」李恕和安下心，「好啦，媽叫我打電話勸你，我也不知道要說什麼。你自己覺得呢？」

「我也不知道，她現在每天都打電話來。看看時間久了，她會不會接受。」

李恕謙聳肩

「好消極啊。」李恕和確實不能給出其他建議，「好像也只能這樣。」

「爸呢？」李恕謙問。

「我看不出來他在想什麼，不過他是有跟媽說叫她不要想太多，對身體不好。我覺得他現在的態度大概是當作沒這件事吧。」李恕和忠實回報。

「喔。」李恕謙沉默兩秒，「我真的沒想到媽的反應會那麼大，之前我去參加同志大遊行，她也沒說什麼。」

「畢竟別人家跟自己家是不一樣的吧。」李恕和實在地說，「所以，你是怎麼發現你喜歡男的？」

李恕謙確實無法清楚地解釋，「當初他跟我告白，我才知道原來他喜歡我很久，然後我發現我可能也喜歡他。」

李恕和犀利地問：「那你快樂嗎？」

那是一個不用思考就能回答的問題。「我很快樂。」李恕謙輕聲說，「和他在一起我覺得很快樂，只要他在我身邊做什麼事都覺得滿足。」

「至少你是快樂的，哥，祝福你。」李恕和成熟地回應，「希望爸媽早點想開吧。」

「謝啦。我住外地，他們有什麼事你再通知我。」李恕謙交代道。

「喔對了，別說我沒提醒你，媽還沒放棄想叫你相親，那個王阿姨應該不久就會聯絡你，你自己看著辦吧。」李恕和立即分享自己聽到的小道消息。

李恕謙無奈地嘆道：「知道啦，掰。」

他掛掉電話忽然打了個噴嚏，這才感覺到冷意，他互相摩擦雙手放空腦袋。他想不到可以讓母親改變觀念的方法，只能在每一次和母親交談時，盡可能以迂迴的方式表明自己很滿意現在的生活。他嘆出長長一口氣，將下巴擱在方向盤上方，為自己消極的態度感到沮喪。

「叩叩——」

李恕謙轉過頭，見何馨憶拉下圍巾向他微笑，他不自主地露出笑容解開中控鎖，何馨憶繞到副駕駛座上車。

「下班啦，冷不冷？」他發動汽車，關上窗戶打開暖氣。

「我還以為你沒感覺。」青年握住他的右手指尖，「學長，你的手好冷。你

投資一定有風險

幹嘛開窗戶？」

「空氣悶。你的手好溫暖。」他感覺熱燙的溫度從學弟的掌心一點一點傳遞過來。

「你這樣會感冒。」青年將他的右手夾在自己的掌心之間搓揉。

他任由青年動作，將煩心事拋到腦後去，「我今天沒有煮，我們吃外面好嗎？」

「好啊，就吃我上次吃的那間日本料理好了。」何馨憶放開他的手，扣上安全帶，「學長開吧，我來指路。前面路口左轉，然後一直開。」

他開著車，照青年的指示開到日本料理店附近，將汽車停進附設的停車場。下車之後他習慣性地伸手握住青年的掌心，一同走進店裡等服務生招待。

這頓餐兩人都吃的不多，只想早點回家休息。買單以後他們相繼走出日本料理店，才走兩步李恕謙便被人從身後拍了一下，「欸，李恕謙。」

兩人同時回頭，李瀞杉站在不遠處，「好巧，在這邊碰到你。你都沒接我電話。」

「嗯？」李恕謙從口袋裡掏出手機，「抱歉，我靜音了。有事嗎？」

李瀞杉看了何馨憶一眼，何馨憶識相地說：「我自己坐捷運回去好了。」便要轉身。

「欸。」李恕謙眼明手快地扣住青年的手腕，轉向李瀞杉，「妳找我有什麼事嗎？」

李瀞杉見李恕謙沒有要迴避，便直接說：「是你媽——」

「等等。」李恕謙瞬間打斷她的話，他不想讓青年聽到自己家裡的紛爭，「我再打給妳吧。」

「好啊。」李瀞杉聳了聳肩。

「妳要去哪裡？需要送妳嗎？」李恕謙禮貌地問。

「不用。」李瀞杉朝他擺手，便轉身離開。

李恕謙目送著對方離去，回頭便見青年直盯著他，「學長，阿姨怎麼了嗎？」

「一些家裡的事。」李恕謙扯起唇，揉了揉何馨憶的頭，「別擔心。」

何馨憶輕輕應聲，沒有多問。他們相繼上車，這一路上直到回家，兩個人都沒有再說話。

Be Care For What You Invest For

投資一定有風險

✦

第十五章

投資一定有風險

李恕謙趁何馨憶去洗澡時撥給李瀞杉，「妳找我有什麼事嗎？」他輕聲問。

「我阿姨寄了一些東西來，說裡面也有你媽要給你的東西。」李瀞杉「嘖」了一聲，「事情我已經聽我阿姨說了，你跟你媽出櫃啦？」

李恕謙不打算對外人解釋太多，「我媽為什麼要把東西寄到妳那裡去？」

「我阿姨說省錢。」李瀞杉噴笑，「大概是想撮合我們吧。你給我地址，我明天下班拿去給你。」

李恕謙也不想麻煩陌生人，「還是我去拿？」

「可以啊，看哪邊方便。」李瀞杉無所謂。

兩個人約定了明天中午在忠孝復興站會面，李恕謙便結束通話。走出房時何馨憶已經洗完澡了，正在吹頭髮。他一見李恕謙便擱下吹風機，「學長。」

李恕謙走到流理臺倒水，正好背對青年，「什麼事？」

「你跟你相親的對象還有聯絡嗎？」青年的聲音很平靜。

李恕謙對這個問題已有準備，「她老家算是和我同鄉，她阿姨和我媽一起寄東西上來，她只是順便幫我代收，不算有聯絡。」

「喔。」何馨憶得到答案，再度打開吹風機吹頭髮。

青年的反應太平靜，李恕謙反而摸不清對方的心思，等青年吹完頭他再次強調，「我們沒有聯絡，你不要想太多。」

何馨憶抬眼瞧他，他讀不出青年目光裡的含意，青年的沉默也讓他禁不住往最壞的情況想。

數秒後，何馨憶忽然笑出聲來，「我相信你啊，學長。」

「是嗎？」李恕謙有點懷疑，青年的反應一點都不像真的相信了他的話。

「還是──」何馨憶慢悠悠地拖長了語調，「你有什麼事瞞著我嗎？」

李恕謙抿了抿唇，確實有，卻不能說出口。

「跟阿姨有關吧。」何馨憶輕輕笑了一聲，「她反對，是嗎？」

李恕謙望著學弟，青年的笑容沒有一點介懷，反而帶著理所當然的從容，「她想繼續安排你去相親，對吧？」

全部都說對了。似乎已經沒有必要隱瞞了。李恕謙沉沉地嘆出一口氣，點頭，

「對。」

「砰。」

馬克杯被他的手臂碰翻，黑咖啡在桌上淌成一灘，何馨憶慌忙站起來，匆匆忙忙抽了幾張衛生紙吸取黑咖啡。他用沾溼的衛生紙重新擦拭桌面，這才發現夾在桌墊底下的名片也沾到咖啡漬，他掀起桌墊用衛生紙壓在名片的咖啡漬上，他反覆抽了幾次衛生紙才吸乾水分。

他頹然坐了下來，只覺得諸事不順。李恕謙自從從老家回來以後，就有點反常。他每天都有一通神祕的電話，他經常發呆，和他說話時還會走神。他忍不住往最糟的情況去猜，李恕謙八成是在思考怎麼和他提分手。他垂下眼，盯著那張帶著淺褐色汙漬的名片，蔡仲安的名字映入眼簾。

「如果你有什麼煩惱的話，可以說給我聽。

「有些事反而不方便找認識的人討論，如果你需要找人講話，我可以聽，雖然不一定能給你什麼有用的建議。」

蔡仲安誠懇的面容出現在腦海裡。如果要選一個人諮詢，比起同年又是異性戀的好友，比他年長又有同性伴侶的蔡仲安似乎更合適。但是真的要問嗎？也許只是他想得太多？他嘆口氣將名片放回桌墊下，決定再觀察幾天。

梁淑芬在晚餐之後，照例撥電話給大兒子，「喂，恕謙啊，我聽王阿姨說瀞杉已經把東西轉交給你了，你有沒有順便請人家女孩子吃飯啊？要有禮貌一點。」

「媽，妳想不想跟我男朋友講話？」李恕謙不等梁淑芬回答，「我請他來聽。」

「欸——」梁淑芬還來不及制止，電話已經被轉了一手。

「阿姨您好，我是小憶，是恕謙的……」那頭似乎在斟酌著接下來要說的字詞，「男朋友。」

投資一定有風險

「你好。」梁淑芬措手不及，反射性地回答，「你是小憶啊，我是恕謙的媽媽，你好。」她重複兩句，這才抓回話語的主導權，「小憶啊，你聽阿姨說，我知道你是好孩子，可是恕謙是要跟女生結婚的，這樣才對。」

「阿姨是想叫我和恕謙分手嗎？」何馨憶輕輕地問。

「對。」梁淑芬硬是保住自己強硬的姿態。

「喔，好啊。」何馨憶的耳邊還貼著手機，他轉過頭看向李恕謙平淡地說，「學長，我們分手吧。」又接著對梁淑芬說，「阿姨不用擔心，我們分手了。」

「喔。分手就好，分手就好。」事情跟梁淑芬預想的不一樣，她的氣勢弱了下來。

「阿姨還有什麼事嗎？」青年禮貌地問。

「噢！那個恕謙要繼續相親，對，相親！」梁淑芬突然想到這通電話的目的，「他喜歡什麼樣的女孩子？我要幫他安排幾個。」

「學長，阿姨問說你喜歡什麼類型的女生，她要幫你安排相親。」

何馨憶將交付的話語如實轉達，他的神情平淡看不出情緒。李恕謙皺起了眉心煩地道：「不用安排，我只喜歡你。」他的聲量很大，傳進了梁淑芬的耳裡。

「那怎麼行！」梁淑芬下意識地說。

「阿姨好，學長說請妳不用安排。」何馨憶轉而建議道，「我看這樣吧，下次相親時我跟學長一起去，只要我有看對眼的女生，我們就可以交往，我跟學長就不會在一起了。」四捨五入，結果也差不多。

「不行！」

「不行！」

手機裡和手機外，梁淑芬母子同時叫出聲來。

「手機給我。」李恕謙皺起了眉。

「手機給他。」梁淑芬也說。她可不是為了替別人找對象才這麼積極。

何馨憶正要把手機還回去，又回頭補充，「對了，阿姨，最近天氣冷，要記得多穿衣服注意保暖。冬天比較乾燥容易火氣大，多吃一點山藥和白蘿蔔可以開

投資一定有風險

胃和降血糖。」

「喔。」梁淑芬的心裡五味雜陳，養了兩個兒子這麼多年，最貼心的體貼話卻是由一位外人講出來的。

「如果手腳發冷的話，可以按摩一下湧泉穴、足三里穴和勞宮穴，有助於改善血液循環不良。阿姨不知道穴道在哪裡的話，下次來臺北我可以幫妳按一按。」

「這怎麼好意思。」梁淑芬口裡拒絕，心底卻舒坦許多，「你跟恕謙一起住，謝謝你照顧他。」她客氣地道謝，像每一次固定會對兒子同學說的話一樣。

「是我受學長照顧比較多。我把電話轉給學長了。」青年輕快地回答。

因著青年的禮數，梁淑芬也不好惡言相向，口吻更客氣，「麻煩你了。」

「喂。媽，什麼事？」李恕謙接起電話。

梁淑芬原先準備好說服兒子分手的理由忽然一個也說不出來，「你今天晚上吃什麼？」

「小憶有煮雞湯。」李恕謙平淡地回答，語氣硬邦邦的像石頭，聽不出情緒。

「臺北比較冷，出門要多穿一點衣服。」梁淑芬慣例性交代。

「有啦，媽不要擔心。」李恕謙停了一下，聲音驟然放軟，「妳跟爸也多穿一點。」

梁淑芬揚起唇角調侃道：「我兒子也知道叫我多穿一點了啊。」自己的兒子她知道，李恕謙也不是不關心她，只是通常不會說出這麼溫情的話。

李恕謙微微一笑，感覺僵持多日的對話終於被打破了，「臺南很熱啊。」

「知道啦，媽不打擾你了。掰掰。」梁淑芬掛上電話，嘆出一口長氣，心裡五味雜陳。

「怎麼了？還是說不通？」李敏知關心地問。

「說通了，那個男生說願意跟恕謙分手。」梁淑芬說。

「那不就好了嗎？」李敏知有點意外過於順利，他還以為要經歷過一番大吵大鬧的拉扯，連續劇不是都這樣演嗎？

「雖然是這樣說啦。」梁淑芬想了想，「他們還是住在一起，沒什麼改變。」

投資一定有風險

「至少分手了，就是改變吧。就叫恕謙搬出去住。」李敏知寬慰道。

「嗯……」梁淑芬回想今天這通電話，她原先準備了一番大道理，打算先用三寸不爛之舌說得對方生出愧疚之心，再趁機要求兩人分手，哪裡知道還不用她出馬，敵人已經先投降，還反過來關心她的身體。

這種不按牌理出牌的招數讓她的心底生出一絲荒謬的笑意，這麼多日的煩悶都有了一點消散的出口。

「兒子的男朋友」不再只是一個模糊又討人厭的標籤，是一個真實的人，一個貼心又懂禮貌的男孩子，不是她想像中那種用著陰陽怪氣的語調說話的同性戀。再怎麼說，她兒子找的對象也不能是太差的人。她知道「分手」兩個字張開嘴就能說出來，做得到卻不是那麼容易。

「我明天再打一次電話吧，叫恕謙搬出去住。」然後，找機會再跟「小憶」說幾句話。

李恕謙掛了電話，他沉聲問：「你剛剛說分手，是認真的嗎？」昨天他和青年坦白之後，何馨憶只說想和母親講電話，他沒想過會在一通電話之間「被分手」。

「對阿姨是認真的。這種時候不要硬碰硬，順著她的意就好。」青年平靜地說。

「那我呢？」李恕謙將手機擱在桌上。

「我還在想。」何馨憶眨也不眨地注視著自己的男朋友，「你之前為什麼不跟我說呢？」

「我不想讓你碰到這些壓力，這不是你的問題。我應該要扛下來。」李恕謙逕自答道。

何馨憶微微勾起唇，眼底卻沒有一點笑意，這段時日累積的委屈轉化成脾氣，「這是我們兩個人的事，你不跟我說不跟我商量，我的心情就跟你剛剛聽到我說分手差不多。」

他雖然用了奇招擾亂李恕謙的母親，但其中多少有些氣話。就連「分手」兩個字脫口而出的瞬間，他都想過是不是就這樣算了，所有的一切都讓人無力地不想堅持下去。

李恕謙靜默了一瞬，「對不起。」他輕聲說。

何馨憶一怔，脾氣被驟然的歉意硬生生箝制住。

「我下次會跟你說。」李恕謙看著他的眼睛，輕輕地說，「你不要隨意說分手，不要試探我的決心。」

他移開視線，盯著李恕謙冒出鬍碴的下巴。

「小憶，請不要踐踏我的感情。」李恕謙的聲音輕輕飄了過來，卻宛如沉重的石塊壓在他的心上。他忽然意識到，當他因為李恕謙試圖隱瞞而感到委屈，李恕謙卻是毫無預警地直接被他用「分手」兩個字擊中。不管是誰，都沒有贏。

接近年終，李恕謙的實驗團隊開始整理實驗數據，撰寫年度計畫的報告，整個團隊變得更忙碌。有些數據需要持續四十八小時觀察記錄，李恕謙就跟同事排班輪流睡在研究室。他們即使不在實驗室過夜，大多時間也需要留在研究室觀察。

李恕謙經常匆匆回家洗個澡又出門，比何馨憶更加早出晚歸。兩人分明是住在一起，一天卻說不上幾句話。偶爾碰上面，兩人都有默契地迴避「分手」的話題，只是簡單打招呼，活像是隔壁鄰居。

梁淑芬大概是察覺到兒子的忙碌和低落，識相地停止每日的電話問候。李恕謙偷偷鬆了一口氣。

李恕謙的研究團隊忙到十二月中才告一段落，程德發臨時提議晚上一起去「莫宰羊」吃羊肉爐當慶功宴，獲得整個團隊的贊同。

「現在去可能沒位子。」研究助技師林筱芬詢問大家，「不然改天？」

「改天就沒有那個feel了！」蕭啟瑞頗為遺憾，他看向李恕謙，忽然靈機一動，「恕謙，我記得你租的地方滿大的又有廚房，我們去你家煮可以嗎？」

李恕謙拿出手機撥給何馨憶，「喂，我實驗結束了，今天晚上幾個同事想來家裡煮羊肉爐，方便嗎？」

那頭靜默數秒，「你需要我避開嗎？」

李恕謙一怔，對於青年的第一反應感到心情複雜，他迅速否認道：「怎麼會？我只是跟你說一聲，你要不要跟我們一起吃？」

「好啊，我今天可以早點下班。我先去買東西。」何馨憶輕聲回答。

李恕謙下意識放柔了聲調，「不用啦，我有開車我去買就好。你下班了就早點回家。」他本想多說幾句，見同事們都在等他的回答，便匆匆結束，「待會見，掰。」

「我男朋友說可以，他也會在家。」李恕謙看了眼手表，「下班之後我開車去買食物，誰要跟我去？」

「我去吧，可能還要一個壯丁來搬東西。」林筱芬自告奮勇。

「我也去，我還沒坐過恕謙的新車！」蕭啟瑞勾著李恕謙的肩。

林筱芬收集大家的意見，李恕謙把租屋處的地址貼在群組裡，約好六點半到他家樓下集合，大伙便各自回座位收拾東西準備下班。

李恕謙載著林筱芬和蕭啟瑞到 Costco 採購。他不怎麼挑食，羊肉爐也不會放蝦蟹不用擔心會過敏，全程都讓兩人拿主意，最後買了羊肉爐的湯底，還買了金針菇、油豆腐、高麗菜、貢丸等等。

李恕謙載著兩人回租屋處，他主動提了最重的那一袋食物，林筱芬笑道：「果然恕謙最可靠。」

「我也有拿啊，這袋超重的。」蕭啟瑞忍不住爭辯。

李恕謙微微一笑。他領著兩人坐電梯到他居住的樓層，他把鑰匙插進鑰匙孔，只轉一截門就開了。看來何馨憶早他一步到家。

「你們進來吧，鞋子要脫裡面。」李恕謙打開大門，一眼看見坐在沙發上的何馨憶，他彎起唇，「我回來了。」

何馨憶從沙發站起來，「你回來啦。」

李恕謙介紹道：「這是我們的研究助技師筱芬，旁邊的是助理研究員蕭啟瑞。」

投資一定有風險

「哈囉。」林筱芬輕快地打招呼。

何馨憶的嘴角彎出笑容，輕快地打招呼，「你們好，我是恕謙的室友。」

「你、你好啊。」蕭啟瑞一愣，原先準備好的招呼句突然卡詞，他下意識朝李恕謙瞥去一眼。李恕謙瞬間收起笑意，淡漠地「嗯」了一聲。

蕭啟瑞抓了抓後頸，識相避過稱呼問題，他一手提高手中的食材，「這個要放哪裡？」

李恕謙走到流理臺水槽前，「蔬菜都先拿過來洗吧。」

「這給我，我來弄。」何馨憶自然地走過去。當男人和他錯身而過，輕輕丟下一句話，「我都不知道，我們已經分手了。」

他瞬間一僵，回頭看向李恕謙，李恕謙正態度自然地招待同事，彷彿那句話只是他的錯覺。他抿緊唇，他只是不想讓李恕謙再度承受社會上的異樣眼光，並不是真的想和對方撇清關係。他做錯了嗎？他不該隱瞞兩人的關係嗎？

「發哥他們到了，我下去接他們。」李恕謙跟同事們交代行蹤，又轉向何馨憶，「你幫我招待一下。」

「沒問題。我們先煮水吧。」何馨憶將電磁爐和鍋子搬到桌上，打開電源。

「我來看著鍋子。」蕭啟瑞道。

林筱芬走到流理臺水槽邊，「我來幫忙洗菜好了。」

流理臺水槽不大，何馨憶拿出另一個大水盆，裝了半滿的自來水搬到一旁，分擔林筱芬的工作。

「啊，忘記買酒。」蕭啟瑞驚呼道。

何馨憶回過頭，「全聯就在附近，我去買好了。想喝什麼？臺啤還是海尼根？」

「各買半打吧。」蕭啟瑞提議，「總會有人喝的。臺啤要金牌的。」

「你們等一下喔。」何馨憶匆匆洗手，拿著錢包、鑰匙和購物袋，正要出門剛好碰上李恕謙帶著其他三位同事回來。

「你要去哪裡？」李恕謙問。

「我去全聯買啤酒。」他道。

李恕謙停下脫鞋的動作，「我也去吧。」

何馨憶很快制止他，「不用啦，你在這裡招待同事。我很快回來。」

「好吧。」李恕謙補上一句，「拿不動的話，不用買太多。」

他失笑道：「不會啦。」

全聯並不遠，走路數分鐘就會到。何馨憶步履匆匆，拿了六瓶海尼根和六瓶臺啤結帳，一步也沒有耽擱地回家。他走出電梯，發現家裡大門半掩，談話聲從門縫間洩出。他停下腳步，悄悄站在門邊聽。

「其實我剛剛嚇了一跳，恕謙不是說那是他男朋友嗎？」這是蕭啟瑞的聲音。

「你超明顯的好嗎？我就超鎮定。」這是林筱芬。

「恕謙，你是不是還沒把到人家？」這個聲音比較老成，他不認識。

「我也不知道我們還算不算在交往。」男人的聲音有點煩悶。何馨憶輕輕喘了一口氣，心頭微顫，幾乎不敢聽李恕謙的下一句。

「你不是說你家裡反對嗎？」蕭啟瑞問。

「嗯，但不是這個問題。」李恕謙的聲調沉下來。

「當初是誰追誰啊？」林筱芬好奇地問。

「是他追我。」李恕謙慢慢地說，「現在他應該反悔了吧。」

何馨憶深深吸了一口氣。不是這樣的。他從來沒有反悔過；相反地，他不只一次給過李恕謙反悔的機會，就是怕當李恕謙抽身而退，只有自己會被留在原地，愈陷愈深走不出來。

結果這麼多次反悔的機會，最終都變成李恕謙質疑他的感情不夠真誠的理由。他明明用盡全力去爭取李恕謙的愛情，但對這段感情最沒有信心的人卻是他自己。何馨憶頹然垂下肩，好像開始理解李恕謙的挫折。

他告白以後就把維繫這段感情的責任扔給李恕謙，自己做好最壞的打算，被動地等著李恕謙撤退；李恕謙卻是在審慎評估之後答應他的告白，盡可能完成男朋友的義務和責任，努力維繫這段感情。

投資一定有風險

和李恕謙相比，他的愛情說不定只是一種自我滿足，設定的目標只到和李恕謙交往，毫不考慮未來。但是這不是打遊戲，結局不是李恕謙點頭答應交往的那一刻，真正的考驗從兩個人在一起才開始。如果他沒有信心維持這段感情，根本不應該向李恕謙告白。

那一句「請不要踐踏我的感情」，是李恕謙目前為止所能提出的，最沉痛的控訴。何馨憶握緊了購物袋的提把，只覺得心慌意亂。現在還來得及嗎？他能夠重建李恕謙對他、對這段感情的信心嗎？

「我覺得，他應該不是反悔，說不定只是不好意思。」林筱芬的聲音飄出來。

「真的嗎？」李恕謙問。

「他可能不知道你有跟我們介紹過他是你男朋友。」蕭啟端猜測道。

何馨憶倏然一怔。李恕謙從來沒有對外隱瞞過他的存在，無論是對同事還是對父母一直都很坦白。自己究竟為什麼要一個勁地假設李恕謙是率先走開的那一個？如果李恕謙真的轉身走開，那也是他親手造成的。

何馨憶頭腦發熱，忽然用力推開大門。客廳的談話驟然停止，每個人都轉過頭看他。

「我把啤酒買回來了。」他脫掉鞋子自然地走到桌邊，將啤酒放在桌腳旁。

「外面很冷吧。趕快來吃。」李恕謙招呼他，「你的碗在這邊。」

何馨憶在李恕謙身旁坐下，又很快改成跪姿挺直膝蓋，視線高度正好和坐著的李恕謙平行。他傾過身在李恕謙的頰邊印下一吻，「謝謝。」他很快退開。

李恕謙怔怔地看他，何馨憶彎起唇，「還要再一次嗎？」

半晌李恕謙笑道：「等他們都走了以後。」

那個晚上何馨憶敞開心胸聊天，還和蕭啟瑞互相揭露眾多李恕謙的糗事，大伙們笑成一團，在客廳躺得東倒西歪。

何馨憶幫著李恕謙一起送客，蕭啟瑞臨走之前滿臉認真地說：「宴客的話記得發帖子給我啊。」

何馨憶失笑，還沒回答李恕謙便接過話，「不一定要宴客，但一定會找你吃飯。」

蕭啟瑞了然地微笑，「知道啦，一定要跟我說啊。」

他們送走了蕭啟瑞等人，關上門。李恕謙等不及地問道：「我們沒有分手吧？」

何馨憶笑了一聲，接著又笑一聲，「你想要我再親你一次嗎？」

青年的笑容讓李恕謙鬆了一口氣，「想。」

他將青年壓靠在門板上俯身親吻，兩人嘴裡都是羊肉爐的味道，卻彷彿能嘗到某種鮮甜的滋味。良久，李恕謙退開嘆息道：「小憶，你要給我多一點信心，讓我證明我可以回應你的感情。」

「對不起。」何馨憶輕聲說，「我不會再隨便說要分手。」

李恕謙微微笑道：「你要記得你說過的話。我話說在前頭，你把我拖進這場戰役，我不會退後，你也不能臨陣脫逃。」

Be Care For
What You Invest For

投資一定有風險

✦

第

十

六

章

李恕謙這話說得太動聽，何馨憶忍不住扯著男人的衣襟向下拉，李恕謙配合地俯身，迎上青年的吻。這個吻比先前更深更纏綿，情欲順著酒意漫上心口，燒得腦袋發暈。明天早上，這都可以成為放縱的藉口。

「你這次不會再拒絕我吧？男朋友。」何馨憶扯出李恕謙的上衣下襬，李恕謙順著他的意，配合地鬆開自己的褲頭。

「我連想都來不及。」李恕謙踢掉褲子，又去解青年的牛仔褲。

兩個人動作急切得誰也不會誤會對方的意思。

「你真的想過嗎？」何馨憶光裸著下身，拉著李恕謙的手握住自己的性器，「你知道怎麼做嗎？」

「我有看片。」李恕謙收起手心，握著青年的性器來回套弄，拇指擦過青年的冠狀溝，何馨憶的腰身瞬間顫了一下，性器頂端溢出透明的體液，淌溼李恕謙的指掌。

「學、學長，唔。」他伸手握住李恕謙的手腕，想控制男人抽動的速度，奪回主導權。這種快感和弱點同時被他人掌握的時刻，讓人全身上下特別敏感。

李恕謙快一步用左手反制對方，同時利用體型優勢將青年反壓在門板上，「小憶，你想過這個吧，我用手幫你射出來。」

「才、才沒有。」何馨憶撇過頭去，下半身傳來的快意讓他忍不住跟著挺腰，配合李恕謙的動作。他死也不會承認的。

「沒有嗎？」李恕謙用拇指撫過青年的性器頂端，「那你想過什麼？」

他羞恥得全身發燙，「什、什麼都沒想！」

李恕謙微微一笑，「我可能沒跟你說過，你說謊的時候會結巴喔。」他放慢了動作，輕輕在青年耳邊道，「跟我說，你想過什麼。」

「唔。」何馨憶放棄用另一隻手制止男人的舉動，他用左手背遮住自己的唇，「學長，隔壁會聽到。」

「我剛看過，隔壁的車還沒回來。」李恕謙毫不在意，繼續撩撥對方，「小憶，你曾經想著我自慰，對吧？」

何馨憶倒抽一口氣，「那是……」李恕謙怎麼可能發現？最私密的可恥幻想突然被當事人戳破，他的精神繃緊，刺激的快感剎時加倍放大。

「唔啊。」白濁的體液噴發而出，何馨憶頓時腿軟。李恕謙眼明手快地撐住對方，他輕鬆地將青年攔腰抱起，一路抱進自己房間，將青年放到床上。

他從抽屜拿出準備好的潤滑劑和保險套，何馨憶意外地問：「學長，這些東西你什麼時候買的？」

「就那一次之後。」

李恕謙沒有說得很清楚，但何馨憶一聽就明白，李恕謙指的是他們擦槍走火又過門不入的那次。現在回想起來，他竟覺得當時的情況有些可笑，故意問道：「你那麼早就買了，那你這些日子都在想什麼？幹嘛不用？」

李恕謙旋開潤滑劑的瓶蓋，自然地說：「我只想等你用。」

何馨憶呼吸一滯，他開玩笑不成反而被李恕謙直球攻擊。

李恕謙擠出潤滑劑之後用掌心焐暖，他跪著移動到青年身前，「你躺下，腿張開。」

何馨憶往後躺，忍住羞恥張開大腿彎曲，將臀穴完全暴露在李恕謙眼前。不知道為什麼，任何再煽情的話被李恕謙說出來，都像正經八百的教學指示，李恕謙作為大學長的風範太立體，他恍惚之間以為自己回到了研究所時期。

「會痛要說。」李恕謙輕輕揉按著青年的穴口周圍，試探性地探入食指指尖。

「唔。」他緊張地縮緊穴口，將李恕謙的食指絞得死緊。

「我上次就想問你了，你沒有經驗對不對？」李恕謙另一手握住青年半挺的下身輕輕滑動，轉移青年的注意力。

「唔。」何馨憶拒絕作答。

李恕謙又問道：「你有想過這個嗎？我把手指插到你裡面？」

青年再度撇過頭，李恕謙見狀微微彎起唇角，「看起來是有。」他觀察著青年的情況，慢慢抽出食指，併起中指再度探入。穴口在潤滑劑的作用下變得溼潤而鬆軟，吸吮著李恕謙的指節，黏膩的液體聲在房間裡響起，顯得特別情色。

李恕謙依著記憶之中指導教授的教學，邊套弄青年的性器邊朝穴口探入第三指，青年將臉側轉，盡力壓抑脫口而出的呻吟。李恕謙單手撩起青年的上衣，用被體液沾溼的溼潤指節撫弄青年挺立的乳頭。

何馨憶的呼吸變得更為急促，他微微晃動腰部，想將李恕謙的三指吞得更深入。如果說摸性器會產生快感，那摸乳頭只會讓人感到無法宣洩欲望的焦躁。

此刻何馨憶上身凌亂下身全裸，雙腿大開雙膝彎曲，穴口被拓得又溼又軟，李恕謙見時機成熟，他抽出指節，撐起上半身懸在青年上方，對準青年的穴口慢慢插入。

「嗯啊——」這種感覺和想像完全不同，男人的性器比他的手指粗得多，像一把銳利又熱燙的劍捅進體內，何馨憶下意識想要閃躲，但李恕謙握住他的腰，逼他承受炙熱粗大的性器，直到完全沉到他身體裡。

李恕謙沉沉吐出一口氣，壓抑著本能不快速衝撞，耗費了他所有的自制力。

汗水從他身上滴到青年的胸口，何馨憶下意識繃緊身體，穴肉緊縮，李恕謙喘出一口氣露出微笑，「你想過這個吧，我完全插進去。」

何馨憶胡亂點頭又搖頭，「沒有。」

李恕謙露出一點笑意，並不爭辯，他擺動腰身緩緩抽出自己，從上往下狠狠貫入。

「唔啊！」何馨憶瞬間蜷起身體，奈何他被李恕謙壓在身下，被迫袒露胸腹，迎上李恕謙的攻勢，「學長，太快、慢一點，快、唔。」

李恕謙沒有停，青年的直覺反應深深取悅了他，惡趣味瞬間湧上來，他故意問：「你想快一點嗎？」

他沒有給青年反應的時間，加快了挺動的速度，他知道他比過去任何一次性愛都還要放縱自己，與其說他是克制不了，不如說不想克制。他想要把自己的所有全部展現出來，包含體力和帶給對方快樂的能力。

「學長，你、你以前——」他的一句話被李恕謙撞得支離破碎。

「什麼都別想。」李恕謙忽然沉下身軀，將青年完全壓在自己身下，「想我就好。」

「嗯啊——」李恕謙一瞬之間進得太深太裡面，何馨憶完全無法思考，只覺得捅進體內的性器連同快感插進腦袋，他下意識地張開大腿箍緊李恕謙的腰。

李恕謙喘了一口氣，這個姿勢讓他沒有施力的空間。他一鼓作氣將青年抱著坐起身，何馨憶毫無防備，反射性抱住男人的頸項維持重心，轉眼間便壓坐在李恕謙的性器上。他低泣道：「好深，學長進得、好深。」

李恕謙在喘息之間側首，貼著青年的耳朵輕柔地問：「你有沒有想過這樣？坐在我身上，主動把我全部吞進去。」

那個聲音和問句簡直是在煽情地愛撫他的聽覺感官，何馨憶顫抖著搖頭，「沒、沒有。」以第一次來說這實在太刺激，超過他所能想像的快意。

李恕謙低聲道：「你不確定我的心意，那你以後想這些就好。」

「唔嗯——」何馨憶收緊了手臂，第一次感覺到自己真正擁有李恕謙，他把對方牢牢嵌在身體裡，雙腳更加用力在李恕謙腰後交叉，急切地想將男人完全吞噬殆盡。

「學、學長，我想要——啊哈——」他的一句話再度被李恕謙撞擊得支離破碎，性器不停地噴出體液，穴口反覆緊縮，「慢、啊——慢——」

「小憶，你把我吸得好緊，真的要慢？」李恕謙掐住青年的腰，察覺到青年體內的收縮頻率瞬間加劇，「你喜歡我這樣。」他肯定道，「像這樣掐著你的腰，把你撞到神智不清，插得你不停地噴水，對嗎？」

「啊嗚——」何馨憶完全無法抗拒李恕謙的下流話與強勢的舉動，他的身體誠實地敞開來，完全接納李恕謙，沉浸在深層的情欲中。

李恕謙笑出一聲，「我知道了。在那之前，我都不會停止。」

澄黃色的茶湯輕輕晃蕩，茶杯握著有點燙手。梁淑芬只喝了一口普洱茶，便擺在桌上沒動。雖然「小憶」答應了和李恕謙分手，但梁淑芬並不相信，只是她

投資一定有風險

當時被青年的回答砸得措手不及，沒有即時反應。

她本想藉由撥電話給兒子，藉機跟「小憶」聊聊，但李恕謙前些日子跟她說，工作要開始忙碌，她不敢經常打擾兒子，天塌下來都沒有兒子的事重要，每日的固定電話就此作罷。然而兒子的感情狀況一直壓在她心裡，沒有解決。

她轉頭看向上門作客的王春美，「上次瀞杉去找恕謙，他們敢有可能？（他們有機會嗎？）」

「她說恕謙已經有對象，她不想介入。」王春美慢慢喝了一口茶，「這茶袂穤。（這茶不錯。）」

「這高級的！是上次恕謙帶回來的茶葉。」梁淑芬不忘炫耀，「他那個不算啦。」

「怎麼不算？」王春美滿臉莫名其妙，「男朋友著是男朋友，敢有假的？（男朋友就是男朋友，哪有假的？）」

「妳進前不是講，兩個查埔做伙就奇怪？假使說，他們欲結婚是要按怎？（妳之前不是說，兩個男的在一起很奇怪？如果他們要結婚怎麼辦？）」梁淑芬皺起眉，感覺被友方背叛。

「齁，啊我跟妳說，我才說一句兩個查埔做伙很奇怪，我外甥女就給我歹！（我才說一句兩個男的在一起很奇怪，我外甥女就凶我！）」王春美搖搖頭。

「她還逼我陪她看那個電影，之前臺大不是有一個同性戀的教授，後來因為法律不承認他們的婚姻關係，結果他沒辦法繼承他男朋友的遺產，最後就跳樓了，後來有拍電影啊。」

「啊。」梁淑芬這才想起來，「那好像就是以前恕謙他們系上的教授。」

「嘿啊，啊我跟妳說，那部電影我還看到哭，超感人的啦。」王春美嘆了一口氣，「齁，他們也是很可憐。」

一說起那個事件，梁淑芬一時間五味雜陳。本來她也很支持愛家盟的一夫一妻制，但是當年畢聲義教授跳樓的事件太慘烈了，不只是她，她所有的朋友親戚都在談論這件事，臺灣人人性本善尊崇死者為大，她們怎麼也無法對死者說出任

投資一定有風險

何難聽話。

直到那時候，她們才正視「同性戀」這個族群，勉強承認同性戀之間也有那種如男女之間般的感情，失去愛侶和一切會絕望到寧可一死的刻骨銘心。後來李恕謙去參加同志大遊行，她和丈夫也抱持著如果這樣能讓臺灣未來不再發生像畢聲義的事件，那也不是什麼壞事。

「我知道他們很可憐啦，可是……」現階段，梁淑芬就是沒辦法接受兒子也可能是同性戀之中的一員。

「啊我跟妳說，他們也有可能會分手齁，又不是在一起就一定會結婚。」王春美寬慰道，「妳毋通跟妳囝冤家啦。（妳不要跟妳兒子吵架啦。）」

「阮哪無跟我囝冤家！（我哪有跟我兒子吵架！）」梁淑芬反駁道。

「齁，妳一直阻止他們，就是在當壞人啦，反而把妳兒子推到他男朋友那裡去。」王春美喝完手中的那杯普洱茶，自動自發再倒一杯，「連續劇不是都這樣演嗎？妳現在就是惡婆婆啦。」

梁淑芬被對方說得火氣都上來，「我才沒有！」

王春美揮了揮手，「妳不要一直想叫他們分手啦，他們住作伙每天見面，他男朋友跟恕謙司奶一下，恕謙就給妳放袂記。妳這馬毋通跟妳囝冤家啦。（他們住一起每天見面，他男朋友跟恕謙撒嬌一下，恕謙就忘記妳啦。妳現在不要跟妳兒子吵架啦！）」

梁淑芬再次強調，「阮無冤家！（我們沒有吵架！）」

「攏共款啦。（都一樣啦。）」，王春美老神在在，「啊我跟妳說，現在年輕人交往一下子就分手了，不會在一起那麼久啦。妳不用緊張啦。」

「喔……」梁淑芬想一想，王春美說得好像也沒錯。

「妳要聽我的啦，妳囝大漢啊（妳孩子長大了），妳要放手，不要一直給他插手。」王春美自有自己的人生哲學。

梁淑芬嘆了長長一口氣，卻沒有再說話。

投資一定有風險

他坐在同一間速食店，外頭正下著雨，身後是他絕不願再碰見的那群人。與過往不同的是，這一次李恕謙坐在他旁邊。

眾人惡意的語句不間斷地從他身後傳來，他有點緊張，李恕謙突然握住他的手。他轉過頭去，看見李恕謙對自己微笑。他忽然放鬆下來，主動拉著李恕謙起身，轉身走向那群人，他站在對方桌前端詳每一張滿是惡意的臉。

那群人各自張嘴開開闔闔，但他完全聽不到任何聲音，他看著李恕謙，又回頭看那幫人。然後他抬起手朝一張張惡意的臉孔揮拳，那些臉孔忽然遠去。

李恕謙向他微笑，忽然問：「我們分手了嗎？」

「沒有！」他斷然回答，「我不會答應的！」

「那就好。」李恕謙將他抱進懷裡，在他耳邊低聲說，「我也不會。」

他睜開眼睛，不同以往的天花板讓他慢了幾秒才想起這是李恕謙的房間。他睡出一身汗，坐起身用半溼的棉質睡衣擦拭脖頸，「好熱啊。」

「外面冷，我溫度開得比較高。今天本來想載你去淡水玩，沒想到卻下雨了，你有想做什麼嗎？」李恕謙坐著電腦椅從桌前滑開，螢幕上顯示出連線對戰遊戲。

「沒有。」他搖搖頭，「在家休息吧。」他慢吞吞地爬下床，洗漱一番後，坐在客廳的沙發上吃李恕謙買回來的蛋餅。

李恕謙打完一場遊戲走到客廳，見青年邊吃邊發呆，「你沒睡好？」

「喔，做了夢。」何馨憶吞下最後一口蛋餅，用吸管喝著溫豆漿。

「是惡夢嗎？」李恕謙端著水，坐到青年身邊。

何馨憶吸了好幾口溫豆漿，「不算是。之前不是說，我國中的時候被霸凌嗎？我又夢到那群人。」他的聲音在平靜之中帶著一點困惑，「不過，好像已經沒關係了。」

李恕謙關心地端詳他，「真的嗎？對自己承認害怕也沒關係，你還有我。」

「我沒有覺得害怕。」何馨憶若有所思，「我還用力揍他們一拳。」

李恕謙笑了出來，「這樣很棒，下次看到他們你就這樣，再揍一拳。」

「好。」何馨憶靜默半晌，忽然道，「對了，學長還在夢裡問我，我們有沒有分手，我是不會答應的。」

李恕謙被青年的話逗出笑意，慎重地回應：「我也不會。」

「學長，那你下下個週末有空嗎？」

「沒什麼事吧。」李恕謙趕完年度計畫的報告，年底變得清閒。

「我想介紹我的好朋友給你認識。」何馨憶笑咪咪地說，「他想揪我們去爬陽明山。」

「腳伸過來。」李恕謙盤腿坐在地上，倒出些許乳液在手上。

「不用啦，學長。」何馨憶坐在一旁，正在記帳。

「伸過來吧。」李恕謙催促道，「我也沒事。」

「喔，謝謝。」何馨憶慢吞吞地伸出右腳，右腳掌心被李恕謙握在手中。

他在冬天時一直都有手腳冰冷的毛病，李恕謙自從知道這件事以後，總喜歡在洗過澡之後，用自己的體溫溫暖他的手指與腳趾。溫熱的掌心揉按著他的腳掌，何馨憶舒服地瞇起眼，「學長技術真好。」

「這哪需要什麼技術。」李恕謙又倒了一點乳液，拇指腹反覆按壓腳掌前半部。一道鈴聲打破寂靜，李恕謙隨手接通電話，開成擴音。

「恕謙，你工作忙完了嗎？」

何馨憶聽見梁淑芬的聲音本想抽回腳，卻被李恕謙「嘖」的一聲制止。按摩腳掌本是習以為常的事，但梁淑芬的電話聲在一旁令他莫名覺得羞恥，像背著家長在做什麼見不得人的事。

「差不多了。」李恕謙持續按摩青年的右腳腳趾，在青年再度試圖抽回腳時牢牢握住。

「你上次說，你什麼時候要搬家？」

梁淑芬的聲音拉回何馨憶的注意力，他想起前一次跟梁淑芬通電話時，一口答應對方要和李恕謙分手，他抬起眼對上李恕謙的視線，男人的嘴角勾起一抹極其淺薄的嘲弄，顯然和他想到同一件事。

在經歷這一段冷戰時期與互訴衷情，他早已明白李恕謙的決心。他感到一陣愧疚，用嘴形做出「對不起」三個字，李恕謙的表情瞬間柔軟下來。他放下心，知道自己已經得到原諒。他的學長總是這樣，對他寬容又溫柔。

李恕謙用食指朝手機的方向點了點，他輕輕點頭，男人唇邊的笑意更柔軟，親暱地捏了捏他的右腳小腿肚。

「下個月要搬。媽，小憶有話要跟妳說。」李恕謙沒等母親問出第二句話，直接將發言權轉給青年。

「阿姨好。」何馨憶禮貌地問好。

「啊，小憶，你好。」梁淑芬的聲音聽起來有些尷尬，似乎沒料到會換人聽電話。

「阿姨對不起，我想收回我上次的話。」何馨憶說了一句便停下來，等待梁淑芬的反應。

半晌，梁淑芬「喔」了一聲，聲音聽起來倒是不怎麼意外。

「那個，我和恕謙，我們在交往中。」他邊說邊看李恕謙，男人給他一個鼓勵的微笑，他定下心來，「我知道妳希望恕謙去相親，但是我比那些人都更了解恕謙，我比他們更知道恕謙喜歡什麼，我對他一定比世界上的所有人都好，所以，所以——」

他一口氣講了一長串，緊張加速他的呼吸，他深深喘息著，「那個，我不敢說我是最適合他的人，但是、但是我、我喜歡他，我比世界上的人都更喜歡他。」

這些話凌亂得毫無條理，他愈說愈緊張，拚命地在腦裡翻找各種能證明自己心意的證據，「我會煮飯給他吃，我會煮所有他喜歡吃的菜，我會在他每次吃海鮮的時候幫他剝蝦殼，我會幫他記帳，幫他殺價，幫他收拾家裡。妳對媳婦有什麼要求，我都可以做，所以、所以——」

李恕謙噴笑出聲，他接過話，「好了啦。」

「讓我說完！」何馨憶制止男人開口，「阿姨，請不要跟恕謙吵架也不要罵他，

投資一定有風險

這是我的錯，要罵就罵我好了，可是妳再怎麼罵我，我也不能答應跟恕謙分手。」

何馨憶深呼吸，一鼓作氣地道：「只有這件事我不能答應，我也不能幫他答應。分手是兩個人的事，我如果答應妳，那就是不尊重他也不尊重我自己，總之我們不會分手！」

最後一句的聲量驀然放大，沉默隨之而來。他頭腦發熱說得口乾舌燥，看向李恕謙，李恕謙伸手握住他的手，拇指腹在他的掌心間輕輕摩挲。

良久，電話那頭傳來一句話，「我還沒有同意。」

「然後呢？」蔡仲安左手支著頤，右手捏著吸管攪動馬克杯裡的冰塊。

「他媽媽說，她還沒有同意。」何馨憶右手拿著茶壺，替自己倒了一杯熱奶茶。

「聽起來應該是有點希望吧。」蔡仲安輕鬆地說，「我上次只是叫你不要硬碰硬，沒有叫你說分手啊。」

「我就是一時衝動，再也不會啦。」何馨憶咕噥道。

「其實你們只要好好溝通就沒事了，而且家長這一關本來就很難過。」蔡仲安臉色平淡，「他們永遠不能接受也是有可能的，這個世界就是這樣，不可能事事如意。」

「我也知道，但那時候我就是太害怕了。」何馨憶拿起茶杯喝了一口熱奶茶，直到此刻他終於願意坦承，「其實沒信心的人是我。」

蔡仲安挑起眉，「如果他媽媽再叫你跟他分手——」

「我絕對不會答應，再也不會。」何馨憶放下茶杯，「那是在侮辱他的感情，也是在侮辱我自己。」

「你現在倒是很有信心，這是好事。」蔡仲安喃喃道。

青年笑出一聲，「總之要謝謝你聽我說，沒什麼人能跟我聊這個。」

「不客氣。」蔡仲安露出微笑，「我也很高興你願意跟我分享，雖然不一定能事事順利，不過能走在一起就是緣分，百年修得同船渡，千年修得共枕眠。」

投資一定有風險

何馨憶雙手撐著頰，感興趣地問：「對了，你跟你先生還順利嗎？」

「他以前工作忙起來，三天不跟我聯絡是正常的，但是結婚以後每天都會問我要不要回家吃飯。」蔡仲安的表情無奈，嘴角卻是掩不住的情意，「以前完全不能想像他是那麼黏人的傢伙。」

「不管我們有沒有交往，我學長也是每天都會問我要不要回家吃飯。」何馨憶跟著開起玩笑，「感覺從室友進化成男朋友，生活也沒什麼改變嘛。」

「沒有改變說不定反而是最好的，不是說相愛容易相處難嗎？你們完全沒有這個問題，至少最大難關已經過啦。」蔡仲安取笑道，「家長什麼的都是小事啦，他們又不跟你們住。」

「這樣說來我好像安心一點了。果然不能太貪心。」何馨憶喝一口熱奶茶，表情悠然。

Be Care For
What You Invest For

投資一定有風險

✦

第十七章

投資一定有風險

剛下接駁車，冷風就將長大衣下襬吹成揚起的風帆，何馨憶將手搭在額側遮擋陽光，他往遠處眺望，草原上一望無際，幾隻牛羊稀稀疏疏地散在四周。

「有點冷。」何馨憶在長大衣裡縮了縮。

李恕謙往旁一站，拉開自己的大衣將青年整個人包進去，「這樣還冷嗎？」

「不會。」何馨憶搖搖頭，臉頰蹭過李恕謙的上衣，整個人被溫暖熟悉的體溫完全包覆。

「喂喂喂。」

何馨憶朝好友看過去，王裕文皺起了眉，「在這裡放閃不道德。」

「小憶會冷。」李恕謙說得理所當然，彷彿這是一件天經地義的事，不需要解釋。

王裕文撇嘴，「算了算了，你們知道我今天叫你們來幹嘛嗎？」

「幹嘛？」

何馨憶的聲音透過李恕謙的外套傳出來，顯得有些模糊。

「叫你男朋友禮尚往來啊，同學。」王裕文轉向李恕謙，「小憶有跟你告白吧？」

「嗯。」李恕謙輕輕點頭。

何馨憶瞬間有個模糊的猜想，他慌忙阻止道：「等一下，阿文。」

王裕文不理他，只看著李恕謙，「那你知道他有多喜歡你嗎？」

「我知道。」李恕謙重重點頭。

「你、不、知、道。」王裕文駁斥道，「那一天也是在這裡，下了很大一場雨。」他邊說邊從口袋中拿出手機。

何馨憶尷尬地大叫：「阿文，不要播！」

他叫出聲的那一刻，王裕文已經按下播放鍵，一句「李恕謙，我——喜歡——你。」在空曠的擎天崗傳得老遠，背景雜音是呼嘯的風聲和淅瀝瀝的大雨聲。李恕謙愣在當場。

「那天雨很大風很冷，他在這裡練習怎麼向你告白，說了五十一次。」王裕文臉色嚴肅，「你可以感覺到嗎?他有多喜歡你。」

李恕謙收緊手臂將青年摟得更緊，何馨憶幾乎整個人貼在李恕謙身上，「學長?」

「你叫我們來，是想要我也在這裡告白?」李恕謙平靜地問。

王裕文雙手環胸，「沒錯，讓我感覺一下你的誠意。」

「不要啦，這裡好多人。」何馨憶又羞又窘，剛剛那一句錄製的告白已經讓現場不少人往他們這裡看，他當初喊叫時至少旁邊沒有其他人。

王裕文不為所動，李恕謙將青年摟在胸前，他垂首在何馨憶耳旁道：「小憶，那你聽好了。」

下一刻，李恕謙嘶聲大吼，「何馨憶，我——喜——歡——你。」

那句告白震得何馨憶幾乎耳鳴。他緊貼著李恕謙的胸口，感覺到自己的心也在男人的胸腔裡隨之共鳴，他將臉埋進對方的胸膛，鼻息間全是他們常用的沐浴露與洗衣精香味。

兩人的味道混在一起，他忽然一陣暈眩，彷彿水流從四面八方灌進他的五官，他快不能呼吸，也許會溺死在這裡。

「何馨憶，我——喜——歡——你。何馨憶，我——喜——歡——你。何馨憶，我——喜——歡——你——」

他不知道李恕謙喊了幾次也不知道時間過了多久，只聽到王裕文說：「夠了啦，不要喊了。」

他感覺到李恕謙靠近他的耳側，男人喊得只剩沙啞沉濁的嗓音，「小憶，你給我多少，我一定加倍還你。」

周圍隱隱約約傳來鼓掌聲，他沒有抬頭反而將李恕謙抱得更緊，一時間竟淚流滿面。

和李恕謙重逢的那一天，男人曾戲謔地說：「投資一定有風險。你是想流落街頭還是想愛上我，只能選一個風險低的了。」

當時他孤注一擲，將手中的所有籌碼一鼓作氣全部梭哈，只為那勝率極低的一點機會。而如今他不只一次慶幸自己當初不顧一切的豪賭，才能換到這一刻大爆冷門的愛情。

投資一定有風險

搬家的時間是週六。何馨憶那天起得很早，他本來預想有一番勞力活，想不到竟多出一位得力幫手。

「哈囉，我是李恕和，是我哥的弟弟。」他打開大門，一位高大的男人站在門外，男人和李恕謙長得有幾分相像，只是比較年輕，他笑容燦爛，「你是小憶吧？我被叫來幫忙搬家。」

「你好。」何馨憶有點意外，他回頭叫，「學長，有人找你。」

李恕謙正在浴室打包洗漱用品，他喊道：「應該是恕和，讓他進來。」

「哇，這地方真不錯，感覺很溫馨。」李恕和跟著何馨憶踏進屋內。

「你要喝水嗎？」何馨憶殷勤地問。

「不用啦，要搬的東西在哪裡？」李恕和將袖口捲到手肘處，看到靠牆的數箱紙箱，「是這些嗎？」

「對。」何馨憶指著外層的紙箱，「這幾箱比較重不怕疊，所以可以先搬。裡面的幾箱比較輕，我來搬就好。」

「不用啦。」李恕和摸了摸他的頭，「如果你被這些紙箱壓扁，我一定會被我哥罵死。」他蹲下身使力抱起最外層的紙箱，放到門口借來的推車上。

李恕謙拿著打包好的洗漱用品走出來，「這些是最後的了，封進箱子裡吧。」

這些紙箱裡大多是李恕謙的雜物，何馨憶的東西並不多，他們將東西堆到李恕謙的汽車後座，後車廂留著放那些沉重的大紙箱。李恕謙來回開了幾趟才將所有東西搬到新住處。三人在新住處輪流洗了澡，李恕謙便載兩人去吃東西。

「學長沒跟我說會有人來幫忙。」何馨憶開啟話題，試著和男朋友的弟弟打好關係，他已經失去李家父母的支持，希望至少能留給其他李家人一個好印象。

「其實我是臨時被我爸叫來幫忙的，我難得放假兩天。」李恕和趁機大吐苦水。

投資一定有風險

「反正你也沒事。」李恕謙吐槽道，「他女朋友出差了，他很閒。」

「我可以在家睡覺啊。」李恕和哼出一聲，「跟你說，我家超偏心，我哥要搬家我馬上就被叫來幫忙。」

「你又不用搬家，反正你住家裡啊。」李恕謙「嘖」了一聲。

「啊！我也想住外面啊啊啊。」李恕和發出一聲慘叫。

「那你就考外面的學校，找外面的工作啊。」李恕謙開始放馬後炮。

「講得好像很簡單。」李恕和不理兄長，轉向何馨憶，「你知道我在他的陰影下壓力多大嗎？」

「是喔。」何馨憶有趣地看著李家兄弟，李恕和的個性開朗陽光很好相處，在他面前李恕謙變得放鬆隨興，露出何馨憶沒見過的另一面。

「念書比我厲害，工作也比我厲害。我媽最疼他，每次煮菜都只煮他喜歡的。」李恕和邊說邊搖頭。

「你屁，那是因為我久久回家一次，你每天在家吃家裡，還不是都照你的口味煮。」李恕謙決定打斷弟弟的造謠。

「所以啊，你不要擔心啦。」李恕和依舊不理會兄長，逕自對著何馨憶繼續說，「從小到大不管我哥做什麼決定，我爸媽最後都會同意的。」

何馨憶一愣，才發現李恕和之前的插科打諢只是為了鋪陳安他的心。他對上李恕謙透過後視鏡看來的目光，看見男人眉宇舒緩，眼底全是一觸可及的溫柔情意。

「反正他們覺得，我哥永遠是對的啦。」李恕和自暴自棄地癱坐在後座，「餓死啦，開快點。中午要吃什麼？」

何馨憶驀地笑了出來。

「去吃之前那間日本料理，我一直想吃吃看他家的無菜單料理。」他說，「今天我請客。」

——《投資一定有風險・下》完

Be Care For
What You Invest For

投資一定有風險

✦

番外一

家庭日

投資一定有風險

「請出示您的識別証。」

何馨憶微微低頭往前湊，讓頸上垂掛的工作識別証刷過前方的條碼機，「嗶」的一聲，工作人員的電腦螢幕迅速現出何馨憶的姓名、員工編號和職位。

「何馨憶報到。請往右邊走，隔壁攤位可領報到禮。」工作人員橫舉手臂向右側一揮，示意禮品攤位位置。

「謝謝。」何馨憶順著指示排隊，不久他領到一個綠色的秒開型小帳篷，小帳篷被收納進一個圓形提袋，收納袋上還印著美奇晶的公司 LOGO。他提著小帳篷走到外圍和李恕謙會合。

「你們公司人好多。」李恕謙順手接過何馨憶手上的贈品，照著主辦單位給的路標指示往主會場走去。

今天是美奇晶主辦的家庭日，邀請員工與家屬一起同樂，主辦地點定在彰化溪湖糖廠，場地廣大。徒步區有一片林蔭，穿過林蔭後映入眼簾的是一大片草地，草地上搭著園遊會常見的帳篷，帳篷底下有各個攤位販售各式各樣的小吃。

草地正中央搭著臨時舞臺，舞臺前方也是用帳篷搭建的臨時員工休息區。何馨憶辨認椅子上的職稱標牌，領著李恕謙一路穿過數排紅色塑膠椅，來到製造一部的區域。

「強哥。」何馨憶率先跟直屬上司打招呼。

「欸，小憶。」阿強原先在與妻子說話，他站起身介紹道，「這我太太。」又向妻子說，「這是我部門的員工，我們都叫他『小憶』。」

「小憶你好。」阿強的妻子長得文靜秀麗，微笑的時候右臉頰會出現淺淺的酒窩，一眼就能讓人心生好感。

「吳太太好。」何馨憶笑著點頭。

阿強的視線往何馨憶身後望去，「小憶，這是你的？」

「是——」何馨憶遲疑兩秒，「是我學長。」

李恕謙接話道：「你好，我叫李恕謙，小憶平常受你照顧了。」

阿強思考了零點一秒，隨即笑道：『我想起來了，之前小憶請病假的時候，就是你打電話來請的吧。」

「噢對。」李恕謙發現對方是通過電話的人，也覺得沒那麼陌生。

「學長，我們先坐吧。」何馨憶拉著李恕謙坐到阿強後方。

不久他們身邊坐滿何馨憶的同事，不少工程師帶著妻子一起來，有的女人手上抱著未滿周歲的嬰兒，有的家庭推著嬰兒車。李恕謙和工程師們的年齡相仿，他與何馨憶和幾個小家庭坐在一起，倒也不顯得突兀。

家庭日活動是由營運長負責開場，時間一到，舞臺兩邊的音箱放出配樂，主持人說了幾句話炒熱氣氛，便請營運長上臺說話。

「各位同仁，大家早安。」營運長的嗓音低沉渾厚，即使不用擴音器也能聽得很清楚，一加上麥克風聲音便遠遠傳遍整個場地。

「早安。」

「營運長早。」

此起彼落的問候紛紛響起。

「今年我們的業績達到頂標，在此感謝各位一整年的辛勞，今天大家好好玩，把握跟家人相處的時間，來年我們再創佳績！」營運長一如往常言詞簡練，語句充滿渾厚的力道，他在眾人的掌聲中下臺，走到員工休息區的最前排，坐回自己的位置。

何馨憶定睛一看，發現自家經理方海彥就坐在營運長左側，營運長偏過頭跟方經理交頭接耳。他再往方經理的左側看，依序看見業務一部經理、業務二部經理、研發部經理、品保部經理和人資部經理，至於第二排坐的男女他就不認識了。

眼見營運長頻頻和方經理說話，他忍不住胡亂猜測，說不定座位是按照營運長喜愛的部門排列的。此刻舞臺上開始進行社團表演，李恕謙看著手裡拿到的現金點卷，思考怎麼分配比較合適。

「要不要去逛逛？」李恕謙指了指外圍四排的食物攤位。

「好。」何馨憶跟阿強打過招呼，兩人將手上雜物連同小型帳篷暫時放在座位上，便前往食物攤位。

投資一定有風險

天氣很炎熱，食欲全被暑氣悶壞了，何馨憶用T恤擦掉頸間的汗液嚷道：「學長，我要喝飲料。」

「飲料攤——」李恕謙對著攤位圖看，「在第一排。」

第一排有幾攤手搖杯攤位，李恕謙點了一杯檸檬愛玉，何馨憶買的是泰式奶茶。泰式奶茶呈現橙紅色，李恕謙好奇地問：「為什麼泰奶是那種顏色？」

「我之前以為是泰國的茶葉比較紅，後來看新聞，好像是加了食用色素的關係。」何馨憶狠狠吸了一大口，沁涼的飲料淌過乾渴的喉嚨，消去些微的暑意。

「喔。」李恕謙咬著愛玉沒感覺到餓，便問，「我不餓，你呢？要不要先去玩？」

何馨憶對照時程表，「我們可以坐五分車，十分鐘後有一班。」

「那走吧。」

兩人照著地圖走到觀光五分車的售票亭買票後，排隊上車。

糖廠的觀光五分車有著復古的蒸汽火車頭，這列蒸汽火車原本是用來運輸製糖的原料，也就是甘蔗，但在一九七〇年代，交通運輸開始改為柴油內燃化，便逐漸停用蒸汽火車。現在蒸汽火車重啟作為觀光用途，也讓它有重新亮相的機會。

李恕謙和何馨憶坐在車廂長椅上向外看，路旁全是一望無際的田野，附近沒有高樓大廈，只有林立的電線桿，蒸汽火車行走時會發出「起洽起洽」的聲音。何馨憶有種錯覺，彷彿他們一瞬間回到一九五〇年代，當時臺灣正是以農立國的時候。

太陽很大，坐在五分車裡，迎面而來的微風都帶著炙熱的暑氣，何馨憶感覺到上衣因薄汗而黏在皮膚上，他昏昏欲睡地趴在座椅上方的圍欄上，靜靜觀賞眼前的風景。

連綿不斷的田野帶著土地特有的芬芳，他看了一陣子，無意間側過頭，意外在前一節車廂中看見他們公司的營運長，男人正斜靠著椅背，背對著風景，向車廂內側半轉過身，眉心微蹙。

投資一定有風險

他的視線似乎過於直接，引起營運長的注意，營運長一抬眼瞬間對上他的目光，何馨憶嚇了一跳反射性低下頭，很快地他又覺得自己的反應過於誇張也不禮貌，只得再度抬起頭向前看去。營運長已經轉開視線，他的面容彷彿帶著不耐般抿緊了唇，像在生悶氣。

「怎麼了？」李恕謙的聲音從身後左上方傳來，何馨憶側轉過頭輕聲說：「我們營運長坐在前一節車廂。」

李恕謙往何馨憶指的方向看，一眼看見那個高大魁梧的男人坐在車廂角落，李恕謙遂提議道：「下車之後，我們去跟他打招呼吧。」

「不用了。」何馨憶輕聲說，「我覺得他心情不好，不要過去。」

「噢。」李恕謙也沒放在心上，「欸，我們過溪了。」

他拍著何馨憶的肩，何馨憶順勢往外看，東螺溪在他們腳下鋪展出一長條淺綠色地毯，溪面映出藍天白雲，溪旁兩側種滿五顏六色的鮮花，在一望無際的田野景色中格外令人耳目一新。

緻。

「真漂亮。」何馨憶拿起手機取了一個角度，完整捕捉溪面的倒影與鮮花景

不久，觀光五分車抵達終點——濁水站。「各位旅客，我們會在這裡停留十分鐘，原車返回。附近有洗手間，想上廁所的趕快去。」列車長廣播道。

「學長，我們去拍火車頭吧。」何馨憶拉著李恕謙來到蒸汽火車前方，那裡已經有不少旅客排隊拍照，輪到他們的時候，他們分別替對方各拍一張。排在他們身後的是一對情侶，女方主動開口問道：「要不要幫你們兩個一起拍？」

「好啊。」李恕謙爽快地答應了，他將手機交給對方便走到何馨憶身旁，自然而然地牽起男友的手。

何馨憶直視前方悄悄收緊手心，在女人拍照時咧出嘴角，笑容宛如陽光般燦爛。女人一連拍了好幾張，「你們還想拍其他的姿勢嗎？」

李恕謙不太會拍照，他看向何馨憶，用眼神徵詢他的意見。

何馨憶搖搖頭，「這樣就好了，謝謝妳。」

「不客氣。」女人將手機還給李恕謙，同時請李恕謙替她和男朋友合照。

何馨憶漫不經心地往遠處看，在人群中他再度一眼看見高大的營運長。他們距離過遠，他看不清營運長的表情，只能辨認出站在營運長身邊的就是方經理。所以剛剛是方經理惹營運長生氣？總覺得不太可能。

「走吧。」李恕謙的叫喚拉回何馨憶的注意力，「要不要去廁所？」

「去一下好了。」何馨憶拿著已經喝光的飲料杯丟到附近的垃圾桶，往洗手間走去。洗手間的數量不多，不過男廁的隊伍通常消化得很快，兩人評估隊伍的長度後決定排隊。

「等一下要做什麼？」李恕謙問。

「要不要去吃彩虹冰淇淋？聽說是北海道有名的，就在糖廠前面。」何馨憶提議道，七彩的冰淇淋感覺很稀奇。

「不吃午餐嗎？」李恕謙意外地問。

「好熱，吃不下。」何馨憶任性地拒絕了。

李恕謙失笑道：「你下午就會肚子餓。」

「那餓了再說。」

兩人分別上了廁所，便跟著人群排隊回到列車上。

「熱死了。」

低聲的抱怨從後方傳來，那個聲音很熟悉，何馨憶回頭往後方看，果然看見營運長隔著幾個人站在他們斜後方。周圍的遊客聲音嘈雜，他又壓低聲量，但何馨憶認得他的聲線，自然能一瞬間聽見那句抱怨。

「觀光列車又不是你的賓士，你以為會有冷氣嗎？」

何馨憶聽出這是方經理的聲音，他小心翼翼地移動到李恕謙前方，讓李恕謙擋住他的身影，不願讓身後的上司發現自己在偷聽他們說話。

「又不是我想坐，還不能抱怨？」

「可以啊。」

「……熱死了。」

「嗯哼。」

「跟我說話。」

「說什麼？」

「嘖。」

營運長咂嘴的聲音過於響亮，即使隔了幾個人，何馨憶也能輕易辨認出裡頭的挫敗與煩躁，一時間他難以想像那個頻頻抱怨的男人，就是公司裡公正嚴明又寡言的營運長。不知為何，他總覺得營運長與方經理之間的對話透露出某種訊息，他可能聽見了不該聽見的東西。

「上車了，別發呆。」李恕謙拉著何馨憶的手一起上火車，找到合適的空位坐下，何馨憶垂下眼，看見李恕謙還握著他的手並未放開。

一注意到何馨憶的視線，李恕謙輕聲問：「你想要我放開嗎？」

「不用，這樣很好。」何馨憶微笑道，反手扣緊李恕謙的掌心。他們貼得很近，交握的手掌卡在兩人的身軀之間並不顯眼。

下車以後何馨憶嚷著要吃彩虹冰淇淋，李恕謙跟著他來到糖廠門口，糖廠對面有一棟木造小屋，小屋門邊擺著一支大型的彩虹冰淇淋模型，不少人正和那支彩虹冰淇淋合照。何馨憶買了一支冰淇淋，販售員問李恕謙要不要，李恕謙拒絕了。

「你幹嘛不買？」何馨憶舔著自己的冰淇淋，口齒不清地問。

「你一定來不及在融化前吃完，我吃你的就好。」

何馨憶看著手中即將融化滴落而被自己快速舔過一圈的冰淇淋，滿臉複雜地問：「你確定？這都是我的口水耶。」

「所以呢？」李恕謙理所當然地反問，「又不是沒吃過。」

話雖然是這麼說沒錯，但只要一想到李恕謙吃進滿是自己口水的冰淇淋，何馨憶便感到彆扭又害臊。

「不行嗎？」李恕謙注意到他的表情，遲疑地問。

「……也不是不行。」何馨憶嘟囔著。李恕謙總是能一本正經地在大庭廣眾之下說一些超過分寸的話，如果他不是認識李恕謙一段時間，一定會以為李恕謙是哪裡來的情場高手，那麼會撩撥人。

他快速吃了幾口，想在冰淇淋融化前全部吃掉，但陽光太大，融化的冰淇淋淌過他握著甜筒的指節慢慢滴落在地，他的右掌逐漸變得又溼又黏膩。

「喏。」何馨憶放棄自己吃完整支冰淇淋的豪情壯志，將半融化的彩虹冰淇淋舉到李恕謙面前，彩虹冰淇淋已經看不出原本的七彩色澤，表面呈現出各種流線型的不規則混色紋路。

李恕謙低下頭，就著何馨憶的手將所剩不多的彩虹冰淇淋吃乾淨，末了還舔過何馨憶指節間淌過的融化冰淇淋。何馨憶只感覺到指節之間微微發癢，他瞬間抽回手粗聲道：「不用吃那麼乾淨。」

「喔。」李恕謙站直了身，嘴角噙著柔軟的微笑，整個人看起來儀表堂堂溫和有禮。何馨憶卻偏偏從那抹笑意裡看出得逞的意味來。

「學長你故意的。」他氣呼呼地說。

李恕謙不否認，「車也坐了，冰淇淋也吃了，還想做什麼？」

「不知道。」何馨憶賭氣道。

李恕謙不以為意，「我們回主會場去吧，我看那邊有不少活動。」

「我要先洗手，髒死了。」何馨憶一語雙關地小聲抱怨，跑去不遠處的洗手臺洗淨雙手。

兩人返回主會場，那裡有許多設置益智闖關遊戲的攤位，只要闖過三關就可以去服務處換得一個精美小禮物。這些益智遊戲並不難，很多是針對兒童設計的，像是套著麻布袋學袋鼠來回跳一圈、在有限的時間內把易開罐推到指定的位置、拿套索套住地上的玩具等等。

何馨憶挑戰了麻布袋關卡。他將下半身套進麻布袋，雙手抓著袋口，彎起雙腳往前跳。他跳得又快又認真，李恕謙拿著手機一連拍了好幾張何馨憶的背影，等何馨憶一轉身，他迅速收起手機，等待何馨憶一路跳回起點。

何馨憶正在興頭上，他跳得飛快，絲毫沒有減速，在接近終點處時那股衝勁煞不住，他往前撲進李恕謙懷裡，被李恕謙抱了滿懷。

「小心一點。」李恕謙抱著何馨憶，輕輕拍撫他的背，何馨憶緩過氣，站起身立刻推開李恕謙，「好多了，可以了。」

他往周圍看去，工作人員全是一臉心有餘悸的表情，「沒事就好，沒事就好。」

他看工作人員的表情沒有出現異樣，便扯了扯唇，「學長，我們去玩別的吧。」

整個下午他拉著李恕謙一路玩遍益智關卡，最後換到兩個精美小禮物，分別是一個印有公司 LOGO 的馬克杯和一支小型手電筒。

「累了。」何馨憶擦著頸側的汗，「我想休息。」

「我看有不少人在前面那片樹蔭下搭帳篷，我們也去吧。」李恕謙站在向陽處替何馨憶擋住大部分的陽光，兩人緩慢地走回員工休息區。

何馨憶拎起小帳篷，李恕謙拿著主辦單位贈與的幾瓶礦泉水，背起兩人的背包。他們一同走到接近入口的林蔭處，樹蔭底下不同顏色的小帳篷裡分別坐著不同的家庭，孩子們在小帳篷裡玩耍，大人坐在帳篷外閒聊著看顧孩子。

李恕謙選了一塊足夠大的空地，將小帳篷從收納袋裡拿出來，稍微拉扯小帳篷便自動展開立起，他回頭對何馨憶道：「你可以把頭躺在裡面，腳放外面。」

何馨憶脫了鞋爬進小帳篷，他翻身躺下，身體下方是柔軟的草地，涼爽的微風從帳篷口吹進來，他喚道：「學長，還有空位，你也進來躺。」

李恕謙依言脫了鞋爬進帳篷，他一進來整個空間頓時變得異常狹小，李恕謙艱困地在有限的空間內翻身，躺在何馨憶身旁嘆道：「好舒服。」

何馨憶輕笑一聲並未說話，享受著悠閒的午後。

「學長。」何馨憶輕輕地喚。

「嗯。」李恕謙懶洋洋地輕哼。

「你介意我剛剛沒有在同事面前承認你嗎？」何馨憶的聲音很輕，但在這個狹小的空間裡，兩個人又靠得極近，李恕謙將那問句聽得一清二楚。

投資一定有風險

他溫和地說：「在你強大到不會因為任何與能力無關的理由而被資遣之前，我不覺得你錯了。」

何馨憶一怔，沒有想過李恕謙原來還有這一層顧慮。也許是因為重逢時，他被公司前輩的不當舉止連累而被資遣，導致李恕謙一直將這件事放在心上。

他想，他的同事們每天都在實驗室被機臺製程榨乾精力，下班之後個個活得像喪屍，沒有心神去管別人的閒事，八成也不在意他的性傾向；又想，他的經理和營運長好像真的有那麼一點曖昧，所以方經理大概也不會因為性傾向對他有意見。

最後他動了動嘴唇，輕輕「嗯」了一聲，什麼也沒說。其實只是他沒有足夠的勇氣將自己的一切攤開在眾人眼前，任人隨時隨地指指點點。他悄悄伸出左手，輕輕握住李恕謙的右手，李恕謙瞬間收緊了掌心。

陽光在帳篷之外明亮卻不刺眼，清風徐徐而來，拂過他們的臉龐。何馨憶閉起眼，想將這一刻牢牢記在心底。雖然他無法當著同事的面承認李恕謙是他的伴侶，也不敢在外面和李恕謙有過於親密的行為，但是能和李恕謙一同躺在樹蔭下，在眾人的眼皮底下牽手，也不虛此行。

——番外一〈家庭日〉完

Be Care For
What You Invest For

投資一定有風險

✦

番外二 面談

投資一定有風險

公司系統寄信通知，明天早上九點和營運長有約。何馨憶先前從阿強那裡聽過，營運長每年都會和每個職員開一對一的會議，聆聽員工的意見。

「真不知道營運長哪來的時間。」阿強語帶欽佩，「每個員工耶，超多人。」

「通常都會講什麼？」何馨憶有點緊張，他還沒有直接和營運長應對的經驗，每次開部門會議都是阿強或是方經理去做季度報告，他就是公司的一顆小螺絲釘，功能雖是不可或缺卻也不是非他不可。

「就是問一下你最近在做什麼，有沒有什麼對公司的建議。其實有話直說就好不用太擔心，他沒那麼重視階級。」阿強安慰道，「不說公事時他還滿親切的。」

「喔……好吧。」何馨憶沒得到太多資訊，他是那種開會時不事先準備就會緊張的個性，尤其是面對具有權威的高層，他一緊張腦子就會一片空白答不出話，若不事先準備講稿，基本上就會死在臺上。

下午他在無塵室裡協助設定機臺參數，趁機和製造二課的其他工程師打聽，得到的結論和阿強說的差不多。他放下一半的心，但多少還是有點緊張。

這種緊張情緒延續到下班。下班時李恕謙開車來載他，他一路上都沒說話，只是盯著窗外瞧，向後快速消逝的景觀看起來忽然令人心煩意亂。李恕謙趁紅燈時往副駕駛座瞥去，看見何馨憶映在車窗上的倒影，何馨憶似乎有心事，嘴唇微抿神情若有所思。

「怎麼啦？」李恕謙關心道。

「我明天早上要跟營運長開會，不知道要說什麼。」何馨憶鼓起臉頰，將氣含在嘴裡慢慢吐出來。只要一和李恕謙說話他便忍不住軟下脾氣，藉著抱怨對自己的伴侶撒嬌。

「為什麼要開會？」李恕謙繼續開車，同時問道。

「簡單來說，就是營運長想了解基層小員工在幹嘛。」何馨憶百無聊賴地回答，「要我說的話，就是工時太長了想早點回家，這想也知道不能講。」

李恕謙輕笑幾聲，「我覺得要看你們營運長的個性，有時候這種面談是想聽員工的真心話，不過如果你想準備的話，會變成你表現的機會。」

「你說的表現，是叫我做個 **PPT**，然後列出最近做的專案進度嗎？」何馨憶抬起一邊的眉，「我在忙的都是一些技術性的東西，好像不太適合在非技術的會議中討論。」

「你說得沒錯，我說『員工可以表現的機會』，意思其實是你可以藉由一些假意的抱怨來側面暗示你很有能力。」李恕謙打著方向盤右轉，又繼續道，「比如說你可以提出一些對公司流程的建議，一方面帶出你在做的專案，也表現出你碰到問題時會想辦法解決，擁有解決問題的能力。」

「噢……」何馨憶好像有點懂又不太懂，「你是去那裡學這些的？」想不到看似腦子很直的李恕謙也是這麼懂得職場生存的人。

「這不就跟在實驗室的週報一樣嗎？有時候實驗做不出來還是要上去報告啊，總是要說點什麼道理出來。」李恕謙說得一派輕鬆，嘴角帶著不經意顯露的自信。

何馨憶這才想起來，他的男朋友是他景仰又敬畏的指導教授最得意的門生，深得教授的信賴和栽培，那可不是什麼很會做研究、很會寫報告就能擔當的位置。

「學長，原來你是這樣的學長。」何馨憶有意開他玩笑，「我一直以為你很強，原來只是很會瞎掰。」

「你是把我想成什麼三頭六臂嗎？」李恕謙笑罵道，「就跟你說我沒那麼厲害啦。」

「怎麼可以這麼說！我男朋友最厲害誰都比不過！」這話何馨憶可不樂意聽。李恕謙噴出笑聲，如果不是情況不允許，他真想伸手去揉一揉何馨憶的頭。

「你有想法了嗎？」他問。

「有一點，我晚上再想想。」何馨憶的聲調輕快，「果然什麼事找你就對了。」

早上八點五十分，何馨憶提早到營運長辦公室外等待。九點整辦公室的門打開，方經理從裡頭走出來。

投資一定有風險

「經理。」何馨憶主動打招呼。

「怎麼等在這裡？有什麼事找我？」方經理停下腳步，「工作上有問題？還是要請長假？」

「不是，我是九點和營運長有個一對一的 meeting。」何馨憶怕時間來不及，匆匆解釋，「經理，我先進去了。」

「去吧。」方經理轉身往自己工作的那棟大樓走去。

營運長辦公室的門開著，營運長正埋頭在電腦前半瞇著眼看郵件。何馨憶禮貌性地敲門提醒，營運長聞聲抬頭，「你來了，把門關上。」

何馨憶依言關門走到辦公桌前方，營運長指了指那張空的電腦椅，「坐吧。」

何馨憶這才坐下，「營運長好。」

「你好。」營運長打量他，「你老闆是海彥吧？」

海彥是方經理的名字。

「對。」何馨憶正襟危坐。

「我們應該有見過幾次面，」營運長皺著眉回憶道，「你才來不久吧？幾個月前沒見過你。」

「我今年下半年才入職的，還不滿　年。」何馨憶問一句答一句，坐得規規矩矩。

營運長忽然笑道：「別緊張，只是聊聊天。你在工作上有沒有什麼問題？儘管說，能幫忙的我會盡量幫忙。」

「嗯……」何馨憶思考著要講幾個自己正在負責的專案，想藉此提一些對研發方面的建議，他想好措辭才抬起頭，卻正對上營運長凝視他的目光，那裡頭還帶著一點鼓勵和耐心。

這個男人和他前一間公司的主管完全不一樣，他想聽的不是奉承，不是表現，他想聽的是真話。所以他願意花半小時在員工身上，即使這對他的決策沒有決定性的幫助，也不會讓他在董事會的評價加分。

何馨憶忽然改變主意，他不想說那些討好的言詞，總覺得那樣會浪費營運長的用心。他抿了抿唇，決心問一個他真正想問的問題，「那個，我想知道，同志傾向的員工對公司有沒有影響？」

他不按牌理出牌的問題讓對方的神情裡顯出意外，營運長盯著他沒說話。何馨憶被那隱含威壓的專注目光盯得有些怯縮，又想著說出去的話就像潑出去的水，再也收不回來。

何馨憶惴惴不安地兩手互相搓著指節，半晌營運長問：「為什麼這麼問？你認識的人有這方面的困擾？」

何馨憶掙扎了數秒，還是決定保護自己，「……對，他以前的公司很忌諱。」

「他具體是碰到什麼問題？」營運長又問。

「他……」何馨憶觀察營運長的神情，慢慢說，「碰到職場性騷擾和職場霸凌。」

「然後呢？」

何馨憶有些遲疑，只試探性說了一點，他邊說邊觀察，頓時迎上營運長鼓勵的目光。他原先只想提個大概，但在營運長的問話下竟一股腦將過去全說出來。中途三十分鐘已到，有人撥電話進來，似乎有其他會議需要營運長參與，營運長交代自己會晚點到便要他繼續說。

最後他說了五十多分鐘，將被騷擾的過程和被資遣的經歷說得一清二楚，營運長聽得很認真，末了男人沉思片刻，在便條紙上寫下筆記。

「這件事我會放在心上，也會交代人資單位注意。我們公司不會允許職場性騷擾或職場霸凌，不管是哪種性傾向。如果你碰到這種事就直接來找我，若沒找到我找海彥也可以，他會告訴我。」

「謝謝營運長。」何馨憶緩緩吐息，只覺得口乾舌燥。

「還有什麼想說的嗎？」營運長瞥了眼手表。

何馨憶識相道：「沒有了。」

「那就這樣吧。我要去開會，你也去工作吧。」營運長站起身，何馨憶跟在他身後走出辦公室。

投資一定有風險

晚上，何馨憶和李恕謙說起面談結果。
「結果你說了這個？」李恕謙停下進食的動作，詫異地看他。
「你覺得不好？」何馨憶事後想想也覺得有些不適當。
「也不是。」李恕謙思考了一秒，「我覺得他們那種做大事的人，不太會在意這些小事情，也不可能因為你提這種事而開除你。相反的，如果因為你說了這些公司開始注意，這也是好事。」
「嗯。」何馨憶放下心，「我也是想，以後不要再發生那樣的事。」

今年的季度報告多了一項與往常不同的公告。公司決定多撥一筆基金給福利委員會，獎勵員工成立以同志傾向為主的公司社團，同志社團還可額外申請一筆福利金。同時公司也發布下一季的藝文講座內容，十場藝文講座中有六場是以同志或多元性別為主題的創作或演講。

這些新措施只是初期試辦，同志也依然是公司的少數族群，不過何馨憶真的看到了一點微小的改變。與營運長面談時他雖然放棄了表現的機會，但卻也成功為同志發聲，這在外人看來或許只是杯水車薪的努力，但他相信滴水終能穿石。

終有一日，不管是公司還是社會，都會對同志愈來愈寬容。

直到，人生而平等。

——番外二〈面談〉完

Be Care For
What You Invest For

投資一定有風險

✦

番外三　不期而遇

投資一定有風險

他用指掌遮擋著耀眼的陽光，邁開腳步，跟著領頭的指導教授爬上陡斜的道路。加州大學柏克萊分校坐落在地勢起伏的舊金山灣區，勞倫斯國家實驗室就位在校區最北邊的山坡上。

時序接近夏季，乾枯的落葉被他們踩踏而過時發出細微的輕響，微風徐徐吹來，落葉的碎屑在空中懸浮，反射著細碎的陽光。只要是沒有太陽籠罩的地方，微風就會變得更涼，同行的學者接連打起噴嚏。

「說是冷卻也不算冷，多穿一件衣服就會覺得悶，抓眞空漏氣時行動不方便，少穿又會打噴嚏，大概是這樣的感覺。」

李恕謙的嘴角微微彎起，腦中驀地浮現何馨憶形容自己在公司穿無塵衣進無塵室工作的日常，忽然覺得那也很適合拿來形容現在的情況。

今年度中研院天文物理所與臺大物理系天文物理所有一個合作計畫，中研院的計畫落到他待的研究小組，臺大物理系的合作計畫由他過去的指導教授靳明毅主導，靳明毅便和母校搭上線，向科技部申請跨校合作，相關人員將有機會到勞倫斯柏克萊國家實驗室交流兩個月，李恕謙就是其中之一。

兩個月為期不長，卻是他和何馨憶交往後分離最長的時間。要出門之前青年將臉埋進他的懷抱裡，緊緊環住他的腰深深呼吸，像在儲存分離之後所需的能量。李恕謙每一次都覺得這樣的學弟可愛到惹人憐愛的地步，讓他想抱緊一點、再緊一點，將何馨憶收到心裡去，隨時可以打包帶走。

「在前面了。」靳明毅遙遙一指，又領著眾人繼續前行。

他打量著指導教授的背影，不知道指導教授和陸臣哥分開這麼長的時間，是怎麼熬過思念的？還是他們早就習慣了分離？他一定沒辦法習慣，他習慣的只有何馨憶煮的飯菜，何馨憶出門前擁抱他的溫度，何馨憶睡在身旁時噴在他耳畔的呼吸。

「嘿，學長，好久不見啊！」

陌生又熟悉的嗓音引起他的注意，李恕謙詫異地微微提高音量，「妳也在這裡！」

他從未想過會在這裡見到他的前女友，張詩涵的雙手插在外穿的白色實驗衣口袋，實驗衣內則是深藍色棉質上衣，正面有一個鮮黃色的「Cal」。打從他踏進校園，擦身而過的學生大多穿著同樣的款式。

「好巧，我剛剛看到靳教授，就在想搞不好會看到你。」她的笑容自然親和，絲毫不見分手的尷尬，彷彿忘記她當初單方面拋棄李恕謙，還封鎖了他的所有社群帳號。

「是啊。」他淡淡地微笑，不如她的親暱熟絡，「好久不見。」

張詩涵是來協助帕爾穆特教授接待來自臺灣的一行人，帕爾穆特即是勞倫斯實驗室裡負責這個合作項目的教授。此刻她走到李恕謙身側，大方地向他的研究團隊打招呼，「哈囉大家好，我是詩涵，Professor Perlmutter 指派我今天下午帶大家去舊金山市區，等一下我們會先去藝術宮參觀。」

「沒想到你還認識這麼漂亮優秀的學妹。」蕭啟瑞私下用手臂碰了碰李恕謙的上臂，半開玩笑地道，「你怎麼沒先說？」

「我也沒想到。」他聳了聳肩，「剛好她之前大學部做專題時是我帶的。」

閒談之間，他們依序上車來到舊金山的知名景點之一——藝術宮。

藝術宮是仿古羅馬的圓頂式建築，大廳的圓頂直徑約三十公尺，廊柱高約四十一公尺，天花板呈蜂巢狀設計。連接圓頂大廳的廊柱圍繞著人工湖而建，每一根廊柱都有極其精美的雕刻，雕刻的人物同樣源自希臘羅馬神話。

「很壯觀吧！你們抬頭看，這裡的每一根廊柱頂端都有四位哭泣的女人。」張詩涵指向垂首哭泣的女人背影輕聲道，「她們是為了喚醒這個世界裡，專屬於寧靜的悲傷與孤獨。」她的態度神祕而悠遠，彷彿也融成建築物的一部分。

李恕謙仰起頭端詳身側的廊柱，迴廊的廊柱十分高大，他將頭向後仰到極限又退後好幾步，才能觀察到位於杜頂的女人。他盯著那些女人的背影，想像她們哭泣的模樣，身在如此壯闊的建築裡，很難不感覺到自身的渺小與孤獨，悲寂感油然而生。

他忽然希望何馨憶就站在他身側，與他看一樣的風景。原來離開家，離開何馨憶，才過了四十八個小時，他便已經開始想念他的學弟。

「中間是人工湖，很多新婚夫妻都會選擇來這裡拍婚紗喔！」

李恕謙順著張詩涵的介紹遙望著藝術宮中心的人造湖泊，湖面上有幾隻悠然滑行的綠頭鴨，深綠色的湖面被涼風吹出一池漣漪，湖面的陽光如同不規則的細碎琉璃般發亮，湖的對岸即是藝術宮的另一側迴廊。

蕭啟瑞走在李恕謙身側低聲道：「你跟小憶有沒有考慮定下來？」

李恕謙微愣，「你說結婚嗎？」

「之類的，同婚法不是過了嗎？」

「嗯。」良久，李恕謙輕輕應聲，「我還沒有想到那一步，但也不是說完全沒想過。」

交往與結婚終究是不同的概念，結婚意味著不同等級的人生關卡，需要慎選隊友，組隊一起背負兩個人的將來。一旦確定名分，那個人將會和他共享每一道清晨的日光，每一晚的睡前問候，每一次意見相左的爭執，每一次爭執後和好的相視而笑，每一次離別前的擁抱，每一次歸家的吻，與所有日常相處的瞬間。

那個人能讓他笑著入睡期待第二天，讓他每天早晨安心出門工作，讓他心神安定，讓他有家可回。他閉上眼睛想像未知伴侶陪伴他經歷所有的一切，腦中只浮現出何馨憶的臉。若換了別人，誰都不對。

也許這就是了，就是他了。所有的起心動念或許就在某個不期而遇的時刻，某個福至心靈的瞬間。站在這樣雄偉壯闊的建築裡，他感覺前所未有的神思清明。

「要拍婚紗的話，我覺得這裡是個不錯的地點。」蕭啟瑞感嘆道，「如果我有錢也想來拍。」

「存錢啊。」他笑著嘆息，以前面對林芷瑩的結婚提議，他因為沒有經濟能力而拒絕了，但現在他有穩定的工作、有存款，剛剛還完汽車貸款，沒有任何負債。時機正好，可以開始考慮婚姻。

週末下午何馨憶點開臉書，一張預期之外的照片被演算法推送到他眼前。照片裡的李恕謙穿著淺藍色襯衫、打著金黃色領帶，正與身側一位長相俏麗的美女輕聲交談。他的唇瓣微抿，神態有點嚴肅，美女的表情則俏皮得多，帶著玩笑似討饒的氣息，兩人看起來絕非泛泛之交。

照片是那位美女發的，她的貼文寫著：「**親愛的恕謙好久不見，大學長還是大學長**」，句末附上一個臉紅的笑臉符號，還標註李恕謙，語氣怎麼解讀都很曖昧。

那則貼文下方其他人回覆道：

「**復合了嗎？**」

「**恭喜！**」

「**郎才女貌耶 :)**」

何馨憶點進幾位回覆者的臉書，臉書顯示李恕謙是他與這些回覆者的共同朋友，他稍微翻找頁面記錄，推測這位「張詩涵」就是李恕謙的前女友，是當年李恕謙帶過的專題生學妹，也是他的學姐。

心瞬間變得又酸又澀又難受，他看得出照片裡的李恕謙沒有那個意思，但女方擺明了在撩撥李恕謙。她或許是覺得好玩，享受曖昧的調情和眾人的誤會，不過一想到李恕謙會被別人誤以為和張詩涵在一起，他就受不了。

那明明是他的學長，他的男朋友，為什麼他不能大大方方地向眾人宣告？他低沉的情緒持續到李恕謙撥電話來。舊金山與臺灣時差十五小時，李恕謙來電時是下午一點多，舊金山已經是晚上十點。

「小憶，給你看看我住的房間。」視訊電話裡李恕謙展示他租的房子。

他與蕭啟瑞、程德發同住一棟獨棟別墅，只有一樓共三房兩廳，還有前院與後院。這是加州常見的房型，加州位於聖安德列斯斷層上方，是地層活動相當頻繁的區域，經常發生大規模的地震，因此加州大多數的房子是木造的，樓層也不高，以避免房屋倒塌造成的傷亡。

「聽說這邊治安不太好，晚上盡量不要出門，我剛才跟發哥和啟瑞檢查完所有的門窗，怕哪裡沒鎖到。

投資一定有風險

「藝術宮好壯觀，我有拍照片給你看。我們下午還去 Amazon Go，是亞馬遜的無人商店，你只要拿完東西直接走出來，店家就會自動扣款，我們還搭了舊金山的輕軌，輕軌是在馬路上走的，跟你一樣小小的很可愛。」李恕謙絮絮叨叨地講了不少今日的見聞，良久不見何馨憶的回應，這才後知後覺地問，「怎麼了？」

何馨憶有點糾結，理智上知道照片的事不能怪李恕謙，怕講了會讓李恕謙覺得他在無理取鬧，但酸澀嫉妒的情緒無法排解，他掩藏不了他的失意。

「你怎麼了？」李恕謙柔聲又問，「發生什麼事？有誰欺負你了嗎？都跟我說。」

何馨憶向來習慣把委屈和難受壓在心底，但李恕謙有的是耐心，總會執著地等他開口。若他堅持不說，李恕謙便會從身後抱著他輕聲呢喃：「放心，一切有我在，你只管說。」

他一開始覺得彆扭又害羞，但論起耐性卻不敵李恕謙，他不開口李恕謙就跟他耗，看誰的時間多。

何馨憶有時候會想，李恕謙是不是英雄情結作祟，總是預設他會有危險需要被拯救，但每一次他都覺得受用，感覺到被關心，被疼寵，被愛，他的心房逐漸敞開，慢慢學習對男人更加坦率，和李恕謙一起討論該怎麼抒發他的敏感多慮。

「臉書上有一張照片，有拍到你。」他吞吞吐吐地說，「跟一個女孩子，大家都說你們很相配。」

「臉書？」李恕謙滑掉視訊畫面，打開手機程式確認。

「沒事啦不用看了，不是你的問題，我就是……」何馨憶咬了咬下唇，半晌在李恕謙鼓勵的目光下坦白道，「我覺得有點嫉妒。」

李恕謙看見那張照片的剎那，便明白何馨憶不舒服的關鍵。張詩涵不知何時解除了對他的封鎖，還在照片標註他，學妹以前就愛說些似是而非的話，他當年還會因為這樣的言語調情而不知所措，現在只覺得萬分困擾。

他先前沒有更改標註授權的隱私設定，也無權要求張詩涵撤下照片，才會讓他放在心上的學弟因為不重要的人事物難過。為那些事、那些人煩心，太浪費了。

他看向青年，臉色鄭重而嚴肅，「小憶，你聽我說，我會跟她保持距離，不會讓她做任何事傷害到你。」

「我也不是想要干涉你的交友自由。」何馨憶咬著下唇，怕自己變得太像控制狂，「我只是，我明明知道你們沒有關係，但其他人不知道，我、我討厭你們被誤會是一對。」

李恕謙將那句話放在心裡咀嚼，青年在意的不是他對其他人的舉止，只是在意他被其他人覬覦。青年希望對眾人宣告他是自己的，更希望在臉書的公開照片上大方展示所有權，像動物必須藉由撒尿來宣告自己的領域。

他輕輕笑出聲，心頭一陣火熱，何馨憶被他笑得窘迫，撇過頭去嘟囔道：「我就是討厭啦。」

「小憶，你想要宣告你的領土嗎？」李恕謙輕聲問，「我可以給你一個機會。」

「什麼領土？什麼機會？」青年疑惑地轉回頭。

李恕謙抬起下巴，手指撫過自己的喉結，一路下滑至鎖骨，「這裡，你的。」再滑到左胸口，「這裡，你的。」

他另一手拿起手機，一手滑到下腹，「這裡，你的。」右手解開外褲褲頭，手機鏡頭往下照，「這裡——」他拉開內褲，「也是你的。」

「李恕謙！」

何馨憶的尖叫讓他大笑，他看向手機螢幕，青年的臉泛起薄薄的粉色，羞恥又窘迫得說不出話來。李恕謙笑道：「我全身上下都是你的領土，你想尿在哪裡都可以。」

「我又不是狗！」何馨憶羞恥地叫道。

「那你想怎麼樣？」李恕謙宛如無賴般攤開雙手掌心。

「我、我，」何馨憶支支吾吾了半天，臉色微紅呼吸急促，「我不知道啦！我要掛電話了！」

青年突兀的反應讓李恕謙微愣，他忽而明白過來，揚起戲謔的微笑，「小憶，你是不是想要了？因為看了我的——」

「不要說出來！」何馨憶急促地制止他，又自暴自棄地道：「對啦，我空虛寂寞覺得冷，不行嗎？」

李恕謙再度笑出聲，青年的反應可愛到讓他的心更加火熱，可愛到他會想做點什麼讓青年更害羞窘迫，卻還是順著他的意胡鬧的情事。

「那我幫你好不好？」他壓低聲音，製造出在青年耳畔呢喃的假象，「想要的話，把衣服脫掉。」

何馨憶瞪著他默不作聲，呼吸愈來愈急促，然後慢慢脫掉了上衣，顯露出白皙的軀幹，胸口的兩枚乳首早已堅硬地挺立，身體的亢奮再也無從遮掩。

「用兩手摸自己的乳頭，用食指和拇指把乳頭夾起來旋轉。」李恕謙柔聲道。

何馨憶順著指令摸上自己的乳頭把玩，兩枚乳頭在青年的玩弄下愈加腫大而紅豔，李恕謙吞了口唾液嘆息道：「你的乳頭好腫啊，小憶，自己玩也那麼爽嗎？」

何馨憶嗚咽一聲。李恕謙自從發現在他耳邊說些下流的情話會激起他更激烈的情欲，便樂此不疲甚至變本加厲，「靠近一點，再夾高一點，夾給我看。」

何馨憶將手機架在桌上，顫抖著用手托著自己的兩乳，兩指夾起乳首往外拉，碩大的乳頭靠近鏡頭，他看見自己浪蕩的影像被鏡頭完美捕捉，不禁羞恥地別過臉去。

他不知道自己看起來有多麼誘人，主動夾著兩乳乳頭迎上前，卻不敢直視鏡頭而撇過臉，整個人看起來放蕩又純真。李恕謙深深吐出一口氣拉下內褲，性器彈跳而出昂然挺立。

「貼在鏡頭上，輕輕摩擦它。」李恕謙壓低聲調，頗有幾分迫人的侵略氛圍。

何馨憶喘了口氣，咬著下唇將右乳頭抵上冰冷的鏡頭，冷涼的溫度讓他輕輕一縮，敏感的乳頭周圍冒出小小的雞皮疙瘩，在如此近的距離下，李恕謙連乳頭中心微微向內凹陷的紋理都看得很清楚。

想舔，想揉，想把可愛的乳首壓得陷進青年的胸乳中，看它彈出來再一口叼住，狠狠地吸吮。欲望洶湧如潮水般撲面而來，李恕謙沉沉地吐息，他握上自己的性器撫弄，嗓音低啞，「小憶，把褲子脫掉腿張開，我想看你。」

飽含欲望的沙啞嗓音太過撩人，何馨憶彷彿被蠱惑般，顫抖著脫掉牛仔褲勾下裡褲。他對著手機羞窘地張開雙腿，將雙腿架在木椅的扶手上，腿心之間性器巍峨挺立，頂端緩緩滲出濁液下淌，流過性器下方閉合的穴口，穴口被前液打得溼漉漉的泛著水光。

被李恕謙以這樣半強勢半哄誘的語氣下令，何馨憶的身體亢奮到完全無法掩藏任何欲望。

「真想現在就碰你。」李恕謙低喘著，發出感嘆般的自言自語，「想一手夾著你的乳頭，一手掐著你的腰，讓你背靠著我坐到身上，把我全部吃進去。」

那像是在對自己說話，又像在對他說話。何馨憶忍不住隨著李恕謙的想像一手握著自己的乳頭扯弄，一手慢慢摸上自己溼潤的穴口，他聽到李恕謙重重的喘息聲，穴口便極力收縮，回味起被餵飽的歡愉。

何馨憶咬著下唇將手指慢慢插入穴口，食髓知味的肉穴立刻纏繞他的指尖。他不是第一次玩弄自己的身體，卻是第一次在李恕謙面前坦露他驚人的情欲。

他猜李恕謙也許早就發現了，他的身體喜歡激烈一點、粗暴一點的動作，只要李恕謙強勢地握著他的腰挺動，讓他失去身體自主權，他就會亢奮地緊縮下腹穴口痙攣，挺著陰莖射得到處都是。如此耽於欲望的身體，只要一被點燃情欲就無處可藏。

何馨憶低垂眼簾看著李恕謙，眼裡帶著自己並未察覺的期盼，李恕謙的眼神愈加深沉，「是不是在想像被我插進去？小憶，你裡面好熱好軟，我一動就把我往裡面吸，想不想要我再插深一點？」

何馨憶細細嗚咽出聲，下意識想否認，手指卻忍不住伸得更進去，「嗚啊——想，想要學長的，深、哈——再深一點——」

「乖。」李恕謙哄誘道，知道青年無法抗拒他溫和的聲調，「腿張開一點，靠近我一點。」

他聽話地抬起下臀挺向手機鏡頭，紅豔溼潤的穴口有兩隻手指進進出出，穴肉奮力吸吮著正要退出的指節，發出溼潤的水聲，他的腰臀騰空隨著手指的進出搖擺。李恕謙光是想像將那細瘦的指節換成自己的性器，讓青年的穴口貪婪地追逐著他的陰莖，他就硬得無法自持，再也不能冷靜。

李恕謙將手機置於桌上，掩住口鼻，右手握著性器跟著青年抽插自己的頻率挺動腰臀，想像自己正插在那柔軟溼潤的肉穴。他真想透過手機穿越空間，將他的學弟按在椅子上無法動彈，他會由上往下狠狠地插進去，將體液灌滿那個貪吃的小穴。

他和青年約莫是同時高潮，體液將下體染得一片狼藉。何馨憶攤在椅子上直喘氣，數秒後他回過神來，羞窘地切斷電話。

李恕謙低低笑出聲，進浴室洗漱一番後上床。臨睡前打開手機，看到臉書頁面上那張青年介意的照片，他沉思一會，從相簿中找到某張過往翻拍的照片，稍作編輯發在自己的版面上。

何馨憶起床後習慣性打開臉書頁面，一張照片被推送到他眼前。主角是李恕謙和他。照片裡李恕謙神情溫柔繾綣，微微俯身親吻吸吮著他的下唇瓣，而他的表情帶著驚詫後的羞窘與甜蜜。

照片還伴隨著一句貼文，「**我整個人，從我的頭髮到我的腳趾，都是你的領土。**」

那是他們在華山文創逛攝影展時，工作人員拍的照片。李恕謙並沒有標註任何人，而何馨憶的臉側對鏡頭大半被李恕謙擋住，照片又加了特效，只有原先就熟知他們關係的人能辨認出他是誰。

一張照片，一句話，既完美地隱藏他的身分，又公開宣告他的存在。他不自主地笑開，鬱悶的情緒一掃而空。果然一切就如同李恕謙所勸慰的，只要他能坦率地表達自己的情緒，男人總是會想盡辦法解決他不安的源頭。

那天以後，何馨憶每天都會收到李恕謙去餐廳吃飯的照片，那些照片並不是所有人面對鏡頭的大合照，而是以更生活化的方式側拍眾人在進食閒聊的樣子。

他起初以為李恕謙在分享用餐的餐廳，但照片不一定會拍到店名，接連數天他終於後知後覺地發現到，在餐桌上李恕謙總會坐在距離張詩涵最遠的位置，絲毫沒有與她閒聊接觸的可能。

何馨憶失笑，覺得李恕謙做得太過頭，卻完全不想制止。直到李恕謙的交流時間結束，他在對方登機前收到最後一張照片，一張李恕謙站在全身鏡前的自拍照。隨著照片而來的還有一句訊息，**我的領主，你的領土要回家了。**

——番外三〈不期而遇〉完

Be Care For
What You Invest For

投資一定有風險

✦

番外四 牽手

投資一定有風險

雨勢在李恕謙將車開上高架道路時變大，豆大的雨珠打在擋風玻璃上，模糊了視線。他調高雨刷的倍率，聚精會神地駕駛一段路後開下交流道。他將汽車暫停在距離何馨憶公司大樓不遠的地方，打了雙閃燈，傳訊息給青年。

我到了，停在老地方。外面雨很大，你有帶傘嗎？要不要去接你？

李恕謙收起手機，將空調開成暖氣，透明的擋風玻璃頓時蒙上一層白霧，空調的聲音轟隆作響，卻遮掩不住車外磅礴的雨勢。他想起青年出門時總習慣帶摺疊傘，但今晚的風勢強勁，折疊傘或許一下就會開花。青年向來體貼，必然不會提及要他送傘過去，只會依靠輕薄而脆弱的折疊傘在強風之中走向他。

李恕謙捨不得。光是想像豆大的雨珠打在青年纖弱瘦小的身上，而青年在寒風之中瑟瑟發抖，他就坐立難安。

以前李恕謙沒那麼細心。過往他開車過來等青年下班，汽車不方便停在公司所在的大樓門口，只能停得遠些，一旦下雨，青年打著傘走到他車旁時，經常半身溼透冷得直發抖，他才連忙開大暖氣的功率替青年驅寒。

幾次下來，每當下雨李恕謙便會在車內事先開好暖氣等青年上車，但今日如此大的雨勢，青年想從大樓走到他的車邊，僅靠那一把折疊傘遠遠不夠。

他在幾個呼吸之間做下決定。李恕謙拿起常備在車上的那把堅固巨大的黑傘，熄火下車，穿過重重雨幕走到青年的公司大樓門口。接近下班時間，掛著識別證的科技公司員工紛紛走出大樓，李恕謙站在門側靠著牆，垂握著黑傘等待。

「學長。」何馨憶接到李恕謙等在一樓的訊息時，才剛離開無塵室。他匆匆收拾好公事包下樓，雙眼掃視著門口川流的人潮，找到等在門邊的男人。他快步走過去，「久等了，我們回去吧。」

李恕謙收起手機，一手撐開巨大的黑傘，另一手攬著青年的左肩走進大雨裡，他側過傘，微駝著高大的身形，替青年擋住泰半的雨勢。

「你的肩膀淋到雨了。」何馨憶瞧見男人右肩的布料逐漸變深，便想將黑傘推向李恕謙的右側。

「你沒淋到就好。」李恕謙不為所動，左手將青年往懷中抱，身體駝得更低，往汽車的方向走去。

不管抱住青年幾次，每一次他都會感嘆懷中身軀的纖弱，每當他凝視青年垂首的背影，心裡便湧起一股保護欲。親戚與友人不只一次問他，他先前分明交過女朋友，也沒顯露過半分喜歡同性的傾向，為什麼最後選擇的伴侶會是何馨憶，而不是其他女孩子？

李恕謙自己也曾迷惘過，他一直以來都被社會、被父母潛意識灌輸異性戀的正當性，也自認是個平凡普通的異性戀，他理所當然地覺得該交女朋友，從沒將男性視作可能的交往對象。直到他被告白，意識到自己還有別的選擇，那種每當盯著青年時，心裡倏然湧起的保護欲都有了理由。

李恕謙不懂什麼性向光譜和廣義雙性戀，對他來說，他只是順從自己的心，不去考慮社會定義的性傾向。

他覺得矮小的青年長得很可愛，做不出實驗時驚惶的樣子也惹人憐愛，青年畢業後的悲慘遭遇更令他同情，忍不住伸出援手。他和青年住在一起也過得很愉快，愉快到考慮換一間更大的公寓合租。

李恕謙一向不是感情方面的能手，過往的情史也總是被動，但在他的三段情史中，面臨感情破裂之際，青年卻是唯一一個他想試著爭取的對象，甚至願意和父母僵持，也不願輕易放開青年的手。那是他生平唯一一次劇烈違抗父母的意願，其中所代表的意義巨大得讓他和父母都不能忽視。

光只是想像放開青年的手，讓倔強的青年獨自面對不夠友善的社會，也許青年還會再碰上不夠友善的職場，不得不在不知名的廁所中壓抑著低泣，他就難以忍受。幾次和父母的理念衝突之間，他不只一次自問，人在生命中尋求偕行的伴侶為的是什麼？

不過是求彼此相知相惜，生活過得舒心自在。更甚者，他看到對方過得安穩就會覺得安心，看到對方過得快樂就會覺得快樂。他想得愈清楚，信念愈堅定。他想握緊青年的手，盡他所能地讓青年過得安心，讓他自己安心。

有相關研究指出，牽手表示親密也能讓人放鬆，是雙方友好的表現，通常體現在相當親近的關係之中。李恕謙後來才明白指導教授為什麼那麼喜歡牽著伴侶的手。握著對方的指掌，手指交錯著指縫相互扣合，穩定的安心感就從交握的指掌傳遞到全身。他牽著青年的手走路時，自然便希望能走一輩子，直到生命的盡頭。

挾帶著雨珠的寒風確實很冷，何馨憶露在衣物外的手指已被寒風吹得失去知覺。落下的雨水順著褲管流到腳踝處，他們踏過水流潺潺的柏油路，何馨憶縮著身體，每走一步就能從溼透的鞋襪踩出水聲。

「快到了，就在前面。」他的背部緊貼著男人的厚實胸膛，寬慰的嗓音從他頭頂上方傳來。

李恕謙先將他送上副駕駛座，再繞回駕駛座坐進車裡。男人收合黑傘，磅礡的大雨便從斜開的車門噴進來，將自己尚且半乾的左肩淋得溼透。汽車啟動後，李恕謙打開暖氣，空調再次將擋風玻璃染上白霧。男人按下除霧鍵，將座椅的加熱功能打開，側頭看向他，「把手烤一烤吧。」

何馨憶將十指放在空調出風口，感受溫熱的氣流穿過指縫之間。他側首看向駕駛座，男人正專注著開車，噴濺在臉上的雨珠隨著汽車行進滑下臉頰，懸在下巴處。他用指尖輕輕擦過那滴水珠，沒碰到男人。

「怎麼了？」李恕謙目不斜視地盯著路況。

「有水。」何馨憶笑彎眉眼，將那滴水珠收攏在掌心之間。

李恕謙分神瞥他一眼，瞧見青年的衣物在暖氣的烘烤下逐漸變得乾爽，安下心來，「溼掉的鞋子不要穿，後座有拖鞋。」

青年往後座探過半身，果然在腳踏墊上看見一雙自家的夾腳拖。他脫下鞋襪後換上夾腳拖，伸展著被雨水浸泡到發白的腳趾，這才感覺到身體真正溫暖起來。

「學長，你變得好體貼。」何馨憶將椅背再往後壓，舒舒服服地半躺著。

李恕謙的眼角餘光瞧見青年懶散的模樣，嘴角噙著溫柔的淺笑。

他一開始不知道生活的眉角，也沒想那麼多，他的身體健壯高大，淋點雨也不算什麼。但是自從某次青年淋雨後發起高燒，他便意識到青年和他不一樣，比他瘦弱得多，他自責自己沒有更早注意到他們的差異，進而照顧好青年。

他想要看著他的學弟在他的車上懶散地癱坐著，綻出舒心的笑容。如果喜好的事物有所排序，李恕謙的排名每年都在不斷更新，不過近幾年前十名項目不再變動，只是調換排序，他不需思考就能背出來。

何馨憶的健康、何馨憶的笑容、何馨憶黏在冰箱上的便利貼、何馨憶假日就賴床的壞習慣，還有瞇著眼對帳的何馨憶、站在流理臺準備餐點的何馨憶、沐浴後穿著他的T恤的何馨憶、就寢時會滾到他懷裡的何馨憶、下車前會藉故偷吻他的何馨憶，和握著他的手抬頭挺胸地在外頭逛街的何馨憶。

李恕謙一向不是有特別喜好的人，也不太會做選擇，在餐廳點菜時總是只點店家的招牌特餐。但和青年在一起以後，青年所有的喜好都深深影響了他，他開始會跟青年點一樣的餐點，選類似款式的衣服，買東西的時候總是先想到青年會喜歡什麼。

大學時代起的友人周平青曾笑他，和青年在一起之後他變得很沒個性，不過李恕謙不以為意。他不是以青年的喜好為優先而忽視了自己的需求，他只是逐漸開始喜歡青年的每一面，喜歡青年喜歡的每一個東西。

那種感覺很特別，好像與喜歡的人喜歡同一件事物，得到的歡喜就會變成兩倍，只要一想到對方會感到多麼開心，他就會更開心，像整個胸膛都漲滿了最甜膩濃稠的蜜糖。

李恕謙在停紅燈時看向青年，正好對上青年專注凝望的視線。他心隨意動，伸出手覆在青年的手背上，找到指縫，五指嵌合扣住。青年的指掌已經恢復暖熱的溫度。外頭的雨勢仍然很大。他們的手交握著，在停紅燈的短暫時間裡交換著體溫。

「我最近發現你很喜歡牽手。」青年的語氣微微上揚，能聽出其中的喜悅和心安。

「我是喜歡牽你的手，我只喜歡牽你的手。」李恕謙糾正道。

我想要一直牽著你的手，想要你看著我的時候只會露出笑容。

那是李恕謙從前年開始，每年新年都會在土地公前許下的心願。

——番外四〈牽手〉完

Be Care For
What You Invest For

投資一定有風險

✦

番外五

心結

投資一定有風險

梁淑芬喝完一碗蘿蔔排骨湯，狀似不經意地問：「跟那個小憶分手了嗎？」

「嗯。」長子神色未變，淡然地放下碗筷，「我吃飽了，上樓去。」

她目送著長子僵硬的背影消失在樓梯口，心臟砰砰跳動，撞得她心慌，左眼皮也跳個不停，全是不吉利的徵兆。

「恕謙。」她叫了一聲，樓梯口空蕩蕩的，無人回應。她喝了一大口熱茶試圖安神靜氣，卻毫無效用。

忽然間門前發出「砰」的一聲，嚇得她摔碎茶杯。她跳起來往門口衝去，門前躺著一具男性軀體，四肢扭成奇怪的姿勢，雙眼緊閉頭顱下方滲出鮮血，鮮血逐漸染紅熟悉的街道，宛如毫無價值的廢水般往水溝流去。

她心痛欲裂，試圖用手掌捧起那溫熱的鮮血往男性的軀體裡塞，好像那樣就能阻止血液的奔流，但掌中的血隨著那具軀體鮮活的生命力從她的指縫間流逝。

「啊——」她發出淒厲的慘叫，胸口痛得像插入數萬根針。她跪在軀體旁，顫抖著手去摸長子的臉龐，極度的痛楚與懊悔讓她幾乎喘不過氣。

「哈——」梁淑芬倒抽一口氣，瞬間睜開眼睛。

滿室暈黃的燈光，天花板映著臥室主燈的陰影，丈夫沉沉的吐息聲近在耳邊，她喘著氣，感覺上衣溼黏，汗溼了整個背脊。她輕手輕腳地起身打算換一件睡衣，卻驚動丈夫。

「安怎？（怎麼了？）」

「我想去看一下恕謙。」梁淑芬沒提起那個令人驚慌的惡夢，只急切地想確認長子的安全。

「恕謙？他不在家吧。今天才禮拜二，啊，是禮拜三。」李敏知睡意濃厚地道，「白天再問他週末要不要回家。」

「嗯。」梁淑芬心惶惶地重新躺回床上，丈夫深沉的呼吸聲很快又響起，她卻再也睡不著。

投資一定有風險

「媽。」

長子的聲音在幾次鈴聲後出現，讓梁淑芬安下心來，「恕謙，你這週要不要回家？」

「我……」長子遲疑數秒，「應該不會。」

「噢。」她難掩失望，卻也不想打擾長子的生活，「最近天氣是不是變冷了？我看新聞說有冷氣團，臺北的溫度降到十度。你要多穿一點，會冷的話就煮薑茶來喝。」

「媽，我知道。」長子聲音溫和，「你們也要多穿一點。」

「我寄一些中藥材過去，你可以煮雞湯。」梁淑芬盤算著到熟識的中藥行去抓幾帖中藥，長子出門在外一定不懂得怎麼照顧自己。

「媽，不用啦。」長子躊躇一會，「小憶會煮。他們家親戚是開中藥行的，對這個很有研究。」他的聲音小心翼翼，像在試探她能忍受的底線。

「喔——」梁淑芬原本想問「小憶」的親戚家開的是哪間中藥行？煮的是什

麼雞湯？火侯有沒有到位？會不會補過頭？腦子裡快速閃過一大串的念頭，她卻一句話也問不出口。母子之間一陣沉默。

「那，沒事的話，我就掛了。」長子像躲過一場戰役般鬆了口氣，她聽了更是五味雜陳。什麼時候開始，他們母子之間說話需要這樣小心翼翼，字字斟酌？

長子從小到大從來不會做讓她擔心的事，就算她不了解長子的某些決定，例如當年繼續攻讀博班，長子也會分析情勢讓她和丈夫理解。若長子無法說服他們支持自己的決定，也多半會與他們溝通，選擇彼此都能接受的道路。

只有和「小憶」交往這件事，梁淑芬不明白也不了解，也和長子吵鬧爭執過。長子雖然迴避退讓、不和她賭氣，卻不打算妥協。

「媽，我不會再去相親。」

長子平淡的表態讓梁淑芬又急又氣，她講了許多自己和丈夫的過去，又講了不少親戚朋友的夫妻相處。長子只是沉默地聽著，等她說畢又固執地重複道：「媽，我跟小憶不會分手。不管誰說什麼都一樣，這就是我的底線，我不會讓步。」

投資一定有風險

梁淑芬從來不知道長子有那麼固執，她的兒子向來有主見，但絕不是不能溝通。但這一次長子似乎單方面關閉溝通的管道，直接了當地將底牌亮出來，拒絕她的任何意見。

梁淑芬憂心長子不正常的性向，更對「小憶」充滿不諒解。如果不是「小憶」，她的兒子不會這樣對她——先是堅持一段沒有道理的感情，又完全不和父母溝通。她更加煩惱，時時對著丈夫叨念，丈夫煩不勝煩，直接撥電話叫兒子乾脆辭掉中研院的工作回南部再找新的。

當時長子在電話彼端沉默許久，呼吸聲透過手機的擴音器傳進梁淑芬的耳裡。她看向眉頭深鎖的丈夫，長子沉默的呼吸聲讓她和丈夫漸漸冷靜下來，他們在彼此的眼裡看到懊惱，就怕長子將一時的氣話當真。

「這個工作是靳教授介紹的，我才進去沒多久，不能說辭就辭。」長子和緩的解釋讓雙方都找到臺階。

梁淑芬連忙道：「對對對，工作很好，先別換，先別換。」

「那先這樣，掰掰。」長子不給他們反應的時間就掛斷電話，她和丈夫頓時覺得自討沒趣。

過不久梁淑芬再度打給長子，長子卻無預警地將電話轉給「小憶」，她順勢開口要求「小憶」和長子分手。

天曉得她當時多麼緊張，只覺得自己像八點檔連續劇裡面的惡婆婆，就差沒說出「給你一百萬，你離開我兒子」這種經典臺詞。她雖然不想傷害別人的自尊，但更不想讓自己的兒子走在不正確的道路上，如果兒子沒有一個美滿的婚姻，與人相扶持到老兒孫滿堂，那都是她的責任。

梁淑芬想了許多方式，也許要說之以理，說明繁衍後代才是正常交往關係；也許要動之以情，提到子女和天倫之樂；也許要威之以勢，從事業和名聲下手。她想了許多，誰知「小憶」卻一口答應分手，搞得好像她的兒子毫無半點值得他爭取的價值。

梁淑芬有點不是滋味，自己不要和被人嫌棄是兩回事。她一方面為自己的兒子不值，覺得「小憶」不值得她的兒子跟父母僵持不下，一方面又覺得良心不安，她只和「小憶」對談幾句就感覺到對方是個乖巧老實又聽話的好孩子，而她在欺負善良的好人。

當鄰居王春美上門作客時，梁淑芬藉機探聽她的姪女對自家長子是否有意。一向和她站在同一陣線的好鄰居卻反過來勸慰她，交男友不是壞事不要干涉太多，不要和長子撕破臉，還說起當年震驚臺灣社會的跳樓事件。

梁淑芬心煩意亂又連著幾日撥電話給長子，長子找了個機會告訴她，工作面臨年度計畫報告有些忙，她不敢打擾長子工作，暫且消停了作媒和關切的念頭。

王春美不久再度上門作客。「妳敢有看到新聞？（妳有看到新聞嗎？）」王春美神祕兮兮地問：「昨暝，置頭前路口，彼兩個予車撞死的坩仔，其中一個著是二街林家的後生。（昨天晚上，前面路口被車禍撞死的那兩個男同性戀，其中一個是二街林家的兒子。）」

「敢是真的？（是真的嗎？）」梁淑芬嚇得心神不寧，「彼個查埔孩毋是上個月才訂婚？個家有請厝邊去吃飯，我嘛有去。（那個男孩子不是上個月才訂婚？他們家有請鄰居吃飯，我也有去。）」

「真的，我頭拄仔經過個家門口，看到有辦喪。（我剛剛經過他們家門口，看到有在辦喪禮。）」王春美壓低聲音，「聽說伊後生三更半暝偷偷綴人走，兩個人走得很急，過路口的時陣予車撞死啊。（聽說她兒子半夜偷偷跟人私奔，兩個人走得很急，過馬路時被車撞死了。）」

那起車禍發生在前面的路口，撞擊的聲音響徹雲霄。雖然是半夜，淺眠的梁淑芬還是立刻被驚醒。她心慌慌匆匆換上衣服，和丈夫一起到現場圍觀，觸目所及是一地的血，兩名死者躺在地上，四肢扭曲成令人難以想像的樣子。

那晚之後梁淑芬再也睡不著覺，每晚闔上眼睛就會夢到路口的兩具屍體，一具屍體是長子的臉，另一具屍體看不清五官，兩個人手牽著手四肢扭曲，全身都是血跡。

投資一定有風險

梁淑芬夜夜失眠，丈夫看不下去要她去拜拜，於是她拜了大大小小的廟宇，誠心祈求長子一生平安，求了好幾個護身符，點了數盞光明燈。每點一盞她的心就安一些，總共點了七七四十九盞。

那天晚上長子撥電話回家，告訴她年度報告已經結束，下週會回家。她的心忽然安定下來，似乎冥冥之中有誰告訴她，這樣就夠了。她終於不再做惡夢，一覺到天明。

「淑芬，我看……」李敏知面色沉鬱，半晌之後艱難地開口道，「要不就算了吧。」

算了吧別再堅持，這樣下去對誰都沒好處。梁淑芬輕輕「哼」了一聲，不同意也不反對。操勞自己這些日子也沒達成目的，她覺得委屈又覺得疲累，好像一旦同意兒子交了男友，前面的吵鬧和堅持都變得可笑起來。

但是她若真的和長子槓上，強迫他交一個女友，長子會不會最後也跟林家的兒子一樣，被她逼得不得好死？那具鮮血淋漓的屍體讓她在夢中都能感到椎心刺骨的疼痛，一旦回想起那個畫面她就喪失底氣，不敢再強硬地干涉長子的選擇。

不同意，不反對，至少還可以視而不見。當母親的唯一只求自己的兒子一生平安快樂，至於其他的她就當作沒看到吧。

——番外五〈心結〉完

Be Care For
What You Invest For

投資一定有風險

✦

番外六

點燈

投資一定有風險

煙霧裊裊，誦經聲繞梁，線香的氣味終年不散。梁淑芬將攜帶的供品擺在供桌上，走到角落的木櫃前投了香油錢，拿起一束線香。她帶著虔誠的心點燃線香，對著天公一拜，對著媽祖再拜，嘴裡念著長串的祝詞，替家裡的每一個人祈福。

「媽祖娘娘在上，信女梁淑芬準備山珍海味敬奉媽祖娘娘。請媽祖娘娘保佑我先生李敏知，他最近做健康檢查的時候發現有輕度脂肪肝，希望媽祖保佑他身體健康；請保佑我的大兒子李恕謙工作順利，碰到好上司、好同事、好朋友，一切平平安安；請保佑我的小兒子李恕和工作順利，碰到好上司、好同事、好朋友，一切平平安安，和筱秀早點生孫子。」

梁淑芬遲疑一會，彷彿突然忘詞以致於無話可說。良久，她嘆了口氣。「多謝多謝媽祖娘娘保佑，多謝多謝媽祖娘娘保佑。」她對著媽祖拜了又拜，拿起一疊金紙走到金爐旁排隊。

熱燙的火苗在金爐裡竄燒，梁淑芬熟練地避開帶火的氣流，將小疊小疊的金紙往金爐裡丟，重複默念剛才的祝詞。燒完金紙，梁淑芬走到大殿外的角落，等待媽祖享用供品。開春一早，香火鼎盛的天后宮滿是人潮，不少人攜家帶眷前來參拜，也有不少與她年紀相當的婦人帶著供品來替全家祈福。

臺南的天氣一向炎熱，但今年新春寒流驟然席捲中南部，過年時節比往常更冷。梁淑芬將雙手插進外套口袋取暖，手掌在口袋中一摸索，頓時摸到溫熱暖燙的光滑物體。

梁淑芬抿起唇。長子開始工作後這幾年，會帶些新奇的用品回來給她和丈夫，他們最愛熱敷眼罩，能減緩長期用眼的不適，她和丈夫用了之後都覺得眼睛變得不再乾澀，看東西也更清楚。

除此之外長子也替家裡裝了洗碗機、烘衣機，還買了掃地機器人，教他們怎麼使用現代科技。兩夫妻原本不太愛用機器，仍喜歡自己動手，直到長子示範幾次，他們漸漸體會到科技的好處，使喚機器也愈來愈習慣。長子還梳理他們所有的保單，替他們加保定期醫療險，每個月還訂補品安素送到家裡，要他們每天喝一罐。

投資一定有風險

這些一點一滴的新事物，梁淑芬和丈夫都覺得受用，心裡感覺溫暖，欣慰著長子變得更加成熟懂事，卻在某次談話時意外從長子口中得知，那些全是何馨憶提醒他的。

兩夫妻表面上不為所動，但每當使用其中一樣東西而感到生活便利，心裡便覺得難為情，帶著不可言喻的彆扭，又有些隱密而難以承認的喜悅。那喜悅是來自於長子即便挑了一個他們不滿意的對象，對方也足夠聰明到以隱晦的方式投其所好，獻殷勤獻得恰到好處，讓他們無法拒絕。

如同她口袋裡的小型電暖蛋，充滿電就能發熱數小時，她發冷的指尖被溫熱而回暖，颳在臉上的寒風都吹不散心裡的暖意。拿人手短吃人嘴軟，時日一長，梁淑芬終究無法再硬起心腸對待青年。

她若替長子添購新圍巾、新手套，便會下意識準備兩份，每當她做了擅長的蘿蔔糕，也會準備約莫兩人的份量，希望藉由長子的手償還一點人情。這幾年，她和青年知道彼此的存在，也從李恕謙口中知道彼此的近況，卻從沒見過面。

梁淑芬一再祈求他們終有一天會分手變得毫無意義，她確實看見青年將自己的長子照顧得很好，所有她操心的事物，都從長子口中得知青年全考慮過。逢年過節過生日，長子還會提前訂餐廳帶夫妻兩去慶生吃飯。

這都是長子和何馨憶在一起之後的轉變。

梁淑芬看了眼牆上的時鐘，回到供桌前要收拾供品的前一刻，她用極輕極淺的氣音道：「請媽祖娘娘保佑何馨憶，身體健康萬事如意。」

梁淑芬說得很快很輕，彷彿做了什麼違背自己原則的壞事般，心虛地怕被別人聽見。她慌忙收拾供品，心裡卻閃過一道思緒，眼一抬，忽然想到還有一件事沒做。

她擱下供品，走到接待香客的服務櫃檯，「您好，我想登記點光明燈。」

梁淑芬逐字留下全家大小的資訊，寫到一半她深吸一口氣，停筆傳訊息給長子。

何馨憶的出生年月日是什麼時候？

投資一定有風險

梁淑芬傳完訊息的那一刻就後悔了，自己似乎多管閒事，她垂首繼續填寫全家大小的資料，心想若在寫完之前沒有收到回覆，這件事就算了。

兩分鐘後長子簡潔地回覆訊息。此時此刻，有些事似乎有命定的態勢。她認命地將第六個人的資料填上登記簿，放下筆時忽而瞥見幾行字。

今年犯太歲者：

年沖：肖雞人

對沖：肖兔人

偏沖：肖狗人

梁淑芬猛然想到長子的生肖，「我還要點一盞太歲燈，是李恕謙，他今年年沖。」

廟方師姐核對光明燈的資料，「這個何馨憶今年對沖，要一起安太歲嗎？」

她渾身一僵，後悔多此一舉的念頭再次浮現。

「對沖的話今年的運勢會很不好，建議是一起安啦。」廟方師姐和善地提醒。

她瞪著那本登記簿，半晌後答道：「應該……不用。」

梁淑芬放下筆，雙手習慣性插入口袋，再度摸到溫熱的電暖蛋。她嚥了口唾液，決心堅持自己的原則，走回供桌前。

梁淑芬匆匆收拾好供品，騎車回家。從天后宮到住家的距離約莫十三分鐘，她整趟路都心神不寧，停紅燈時幾度想回頭，在茫然間燈號由紅轉綠，她被迫直行直到下一個停紅燈的路口。

機會在她猶豫之間轉瞬即逝。梁淑芬踏入家門，將機車上的熟食拿去冰箱冰，水果置於水果籃，隨後開始整理家務，曬衣服、掃地、倒垃圾。

「我今天幫全家都點了光明燈。」梁淑芬在吃飯時跟丈夫說起這件事，「還跟媽祖娘娘祈禱筱秀早日生孫子。」

「我上次聽恕和說，要等筱秀轉為地勤才會考慮懷孕，會不會拖太久？」李敏知記得高齡產婦一向容易生出不太健康的孩子。

「嗯，再說吧。」她心不在焉地應聲。

「妳身體不舒服？」李敏知察覺妻子的寡言，感到不對勁。

「沒有。」梁淑芬搖搖頭，「趕快吃一吃，我要來收桌子。」

飯後她幫丈夫整理裁剪西裝剩下的布料，勉強將思緒轉移。但臨到睡前她忽然想起，長子曾經提過何馨憶在六年前遭遇職場性騷擾而被迫離職，算起何馨憶的歲數，他當年也犯了太歲。

何家是不是沒有安太歲的習慣？她嚥了口唾液，翻身上床閉起眼。

丈夫沉沉的呼吸聲不久後在耳旁響起，梁淑芬卻翻來覆去難以入眠。丈夫被她翻身的動作弄醒，睡意濃厚地問：「怎麼了？」

良久，直到丈夫再度陷入沉睡之際，她的聲音輕得像是說給自己聽：「我明天想再去一趟天后宮，我忘記安太歲了。」

——番外六〈點燈〉完

投資一定有風險

Be Care For
What You Invest For

投資一定有風險

✦

番外七

考驗

投資一定有風險

「學長，這週末你要不要跟我回家一趟？」

李恕謙分神往副駕駛座瞥過一眼，何馨憶的臉被手機螢幕的白光照得微微發亮，李恕謙皺起眉，「那麼暗不要看手機。」

「喔，是我媽在我家群組傳訊息，我看一下有什麼事。」何馨憶收起手機，「你要來嗎？」

李恕謙想了一下，「可以，我有空。你媽喜歡什麼？」

「北海道生乳捲。」何馨憶笑了一聲，「她不能吃太多又很愛吃。」

李恕謙噴笑，「跟我媽有點像，她很喜歡吃豬蹄膀，那個膽固醇很高不能吃太多。」

「就是因為不能吃太多才更愛吃啊。」何馨憶吐槽一句，「我家要去泡日光溫泉，記得帶泳褲。」

「我也去？」李恕謙挑起一邊的眉毛，這個動作還是他跟何馨憶學的，「會不會很奇怪？」第一次去男朋友家裡拜訪就跟對方家長泡溫泉，好像不太對勁。

「我媽說她有多一張票，不然就要過期了。」何馨憶如實轉述。

李恕謙有點想笑又覺得無奈，同時還感受到何媽媽對他的歡迎，他心裡一暖微微笑道：「既然是這樣，我也一起去吧。」

李恕謙照何馨憶的建議，帶著亞尼克的生乳捲和一瓶法國波爾多二〇〇五年釀造的紅酒前去拜訪，受到了熱烈的歡迎。

何媽媽一邊說：「怎麼這麼客氣。」一邊伸手接過生乳捲放到冰箱去，動作一氣呵成，波爾多紅酒則被何爸爸收到玻璃櫃中，一家人坐到客廳聊天。

何媽媽名叫羅映姿，是一名小學老師，通常被左右鄰居稱呼為「羅老師」。李恕謙記得何馨憶提過，羅映姿負責帶低年級的學生，難怪她看起來精力充沛，熱情又充滿活力，笑起來帶著極其親切的感染力。

何爸爸本名何光偉，他戴著一副黑框眼鏡，穿著襯衫西裝褲，相當體面。何馨憶曾說何光偉在銀行工作，所以看起來有些嚴肅，不過他的個性很溫和，對人很有耐心。

李恕謙連沙發都還沒坐熱，便坐著何光偉的休旅車，跟著何馨憶一家人上山去泡溫泉。臺中的山脈多，埔里和大坑都出溫泉。何馨憶家住臺中市，離大坑近一些，父母週末固定去走大坑六號步道，下山後便會順道去泡日光溫泉。

「我原本是叫馨憶禮拜五晚上回來，這樣我們禮拜六早上就可以去爬山。」羅映姿興致勃勃地說。

「我那麼晚下班，回臺中都幾點了，太晚了啦。」何馨憶隨口推託道。

李恕謙心知何馨憶最近迷上《傳說對決》，一回家逮到空檔就開始打遊戲。他望向何馨憶，何馨憶正對他擠眉弄眼，李恕謙接收到何馨憶的暗示，輕咳一聲看向車窗外，從玻璃看見自己偷笑的倒影。

「算了吧，你一定是窩在家裡打電動對不對？」羅映姿對何馨憶的解釋毫不買單，「別想騙我。」

何馨憶喊了一聲，「媽！」

「恕謙，我跟你說，你們下次週五晚上回來，我們家有空房，來住沒關係，不用客氣。」羅映姿轉向後座，對著李恕謙交代。

李恕謙失笑，「——好。」

「到了。」何光偉將休旅車開進停車場，打開後車廂。大家紛紛下車，背起自己的背包往日光行館走去。羅映姿買的是用餐與溫泉套票，考慮到消化時間，便決定先泡溫泉後用餐。

李恕謙跟著何馨憶與何光偉在更衣室換上泳褲，進到露天的大眾池。大眾池的側邊有整排的水療設備，何光偉向李恕謙一一介紹用途，並推薦他自己最常使用的設備，李恕謙盛情難卻，跟著何光偉一道讓水柱沖刷整個背部。

強大的水柱由U型水管噴發而出，打在李恕謙的肩頸上，很快整個肩背都發紅了。他悄悄往右側瞥去，何光偉正閉起眼享受水療，這時候如果貿然離開似乎不太禮貌，李恕謙決定再忍一會。

十分鐘之後，水療設備停止噴水。李恕謙鬆了一口氣正要離開，何光偉便提議他們換另一種水療。第二種水療噴發的位置是腰部，比第一種舒服多了，李恕謙微微溢出呻吟，他長期彎曲著背脊做實驗和觀察數據，肌肉僵硬，這款水療正好舒緩他緊繃的肌肉。

李恕謙跟著何光偉將整個水療池的設備做了一輪，何光偉開口邀他一起去泡裸湯，李恕謙欣然答應。

他將泳褲脫在自己的置物籃，進到男湯中溫度最高的碳酸氫鈉溫泉。李恕謙往溫泉內放入右腳，過熱的溫泉水瞬間刺得他腳底發癢，他下意識抽回腳，卻見何光偉面色不改地踏入溫泉池然後坐下來，溫泉頓時淹過肩部。

李恕謙想，這個時候再怎麼覺得熱，他也得捨命奉陪才行。他緩慢地將右腳伸到溫泉池裡，接著是左腳，最後整個身體慢慢坐下。李恕謙不敢逞強，他坐在石椅上，讓溫泉水浸到他的胸膛。

或許是因為天氣熱，泡溫泉的客人不多，這個溫泉池裡只有李恕謙和何光偉兩人。溫泉水太燙，李恕謙全身泛紅，前額冒出汗水，但何光偉沒動，李恕謙也不敢擅自起身。他隱隱覺得這是一項考驗，無論何光偉有沒有那個意思。

時間過得很漫長，李恕謙盯著牆上的時鐘發呆，看秒針一格一格地走，猜想何光偉單獨找他一起泡溫泉的用意。忽地何光偉站起身，熱水噴濺到李恕謙的肩膀，他回過神來跟著起身，換到冷水池裡。

過大的溫差讓李恕謙顫了一下，但冰涼的池水舒緩了熱意，李恕謙紛亂的思緒也跟著沉靜下來，放空心緒。過了一陣子，何光偉從冷水池起身走到躺椅邊躺下，李恕謙跟著躺在臨側的躺椅上，望著屋頂繼續發呆。

無論是泡溫泉還是躺著休息，何光偉一句話也沒有說。李恕謙索性不去猜何光偉的用意，他的身體在三溫暖之後放鬆下來，毛細孔全數打開，渾身懶洋洋的，幾乎要睡去。他迷迷糊糊地想，不知道何馨憶怎麼樣，有沒有去做水療？

「要不要再泡？」何光偉問。

李恕謙頓時清醒過來，「好啊。」

何光偉重複浸泡熱水池、冷水池與躺椅之間三點一線的流程，李恕謙也跟著做了，愈到後來身體愈習慣池水炙人的溫度，過燙的池水讓他全身出汗，反倒不再像折磨。身體愈熱，心愈靜。

半晌，「差不多了。」何光偉站起身。

李恕謙隨之起身，溫熱的風拂過身體，帶來些微的涼意。他帶著換洗衣物進淋浴間簡單沖洗身體，馬鞭草精油沐浴露的香氣浸潤了整個淋浴間。

李恕謙穿好衣服走出來時，正巧碰上要進淋浴間的何馨憶。何馨憶看起來剛從裸湯起來，他全身赤裸，白皙的身體微微泛紅。李恕謙快速掃過他一眼，便撇過頭去低聲說：「去外面等你。」

「好喔。」何馨憶的臉微紅。

李恕謙吹好頭髮走到等候區，何光偉正坐在那裡看報紙，他一走近何光偉的視線便上移，從報紙上方看他一眼，「坐。」

李恕謙自動坐到何光偉身側，等著何光偉問話。

「你們之後有什麼打算？」何光偉收起報紙，關切地問。

「您指的是？」李恕謙謹慎地反問。

「有打算要結婚嗎？」何光偉也不迂迴，「有要在臺北買房子嗎？」

「我有考慮買房。至於結婚，這要看小憶的意思。」李恕謙實話實說。他這幾年確實有想過結婚，但何馨憶從來沒有表達過類似的念頭，他也不敢輕舉妄動。而且他們現在同居，其實有沒有結婚好像差不多，只是差一個名分。

「你是說，要不要買房是你決定，要不要結婚是馨憶決定？」何光偉挑起了眉毛。

這個問題的難度有點高，李恕謙小心翼翼地說：「都是我們共同決定。」

「喔。」何光偉沒再追問，話題一轉，「馨憶念研究所時很常提起你。」

來了！李恕謙更謹慎，「他碩士班時是我帶的。」

「但是當時你不喜歡他吧？」何光偉說，「而且你之前還交過女朋友。」

「對。」李恕謙點點頭，這些都是事實沒錯，「但是我現在只喜歡小憶。」

「現在跟你以前的感情比起來，你比較喜歡之前的女朋友還是馨憶？」何光偉又問。

這個問題並不難回答，李恕謙正著臉色誠懇地說：「當然是小憶，我最喜歡他。如果我這輩子要選一個人結婚，只會是小憶不會是別人。」

何光偉端詳他，不答話，李恕謙直視何光偉的眼睛，片刻後他的後腦勺悄悄冒出汗水，感覺比博士班口試還緊張。

半晌何光偉點點頭，平淡地說：「我知道了。馨憶也是被我們家寵壞了，他有什麼做不好的，你多讓著他一點。」

李恕謙連忙點頭，「我會好好對他的。」

雖然不知道哪個回答打動了何光偉，但何光偉的態度明顯緩和下來，開始詢問他工作上的事，李恕謙悄悄鬆了一口氣。

「我爸問你什麼？」吃飯的空檔，何馨憶悄聲問道。

「問我們什麼時候要結婚。」李恕謙只挑了自己想知道答案的問題轉達。

何馨憶瞬間嗆了一下，見自家父母看過來，他連忙擺手拿起柳橙汁喝了一口，等父母轉移視線又悄聲問：「你怎麼回答？」

「我說看你的意思。」李恕謙把球打回去。

「什麼看我？」何馨憶眉心微皺，「你有求婚嗎？」

「你願意的話，我安排好就來求婚。」李恕謙早就有這個念頭，只是一直找不到合適的時機提起，他趁機拿起手機打開行事曆，「下週六好不好？」

「不要問我！」何馨憶齜牙咧嘴，他一說完怕李恕謙誤會他不想結婚，又趕忙補上一句，「你高興就好。」

李恕謙微微一笑，忍下親吻何馨憶的衝動，拿起桌上的茶壺，「要不要喝茶？我幫你倒。」

——番外七〈考驗〉完

Be Care For
What You Invest For

投資一定有風險

✦

番外八

期許

「這是住商混和地，Costco 走路五分鐘就到。兩房的話，建坪二十五點四，實坪十六點七。」代銷小姐滔滔不絕地介紹新建案。

李恕謙盯著室內平面圖，思索兩人的需求。

「那三房呢？」何馨憶在書面資料上寫下坪數，圈出附近交通便利的地點。

「三房建坪三十七點一，實坪二十四點四。」代銷小姐熱情地推銷，「我們三房賣得很好，剩下五樓。兩房的話，有二樓和十八樓，二樓有露臺，十八樓有風景，各有優點。」

「這和隔壁棟的棟距是多少？」何馨憶問。

「棟距是十七米。兩邊都會往內退縮六米，再加上中間的道路，總共十七米。」代銷小姐又補充道，「而且這條街不是主要道路沒有什麼車，很安靜。」

「嗯。我們可以去看一下樣品屋嗎？」何馨憶點點頭。

「當然沒問題，兩位跟我來。」代銷小姐帶著李恕謙和何馨憶來到銷售處後方，分別參觀兩房和三房的格局。

李恕謙比較中意三房，能夠使用的空間大，也比較不會有壓迫感，但相對總價也較高。他輕聲和何馨憶討論：「是不是三房好？」

「嗯。」何馨憶沒回答，他繞了樣品屋一圈，「格局不錯。浴室都有對外窗嗎？」

「三房的話，兩間衛浴都是對外窗，A棟向馬路，B棟向中庭，看你們喜歡哪一棟。」代銷小姐熱情地微笑，「請問兩位是要一起住嗎？」

「對。」李恕謙點點頭。

「了解。那兩位喜歡兩房還是三房呢？」代銷小姐自然地問，「三房的話，也可以把其中一個房間做成和室，拉門拉開客廳就會變得很大。還有一個房間可以當作書房或雜物間使用，有些新婚夫妻也會當成嬰兒房或是小朋友的遊戲間。」

「我們考慮一下，謝謝妳。」何馨憶說道。

「沒問題，有什麼想知道的，隨時歡迎。」代銷小姐客氣地將兩人送出接待中心。

「是不是三房好？」回家的路上，李恕謙邊開車邊問。

「以單坪價格來看的確是三房比較划算，不過就要多貸兩百萬，你覺得呢？」

何馨憶有點煩惱，「感覺壓力好大。」

「就慢慢還吧。」李恕謙安慰道。他在停紅燈時拉過何馨憶的手，輕輕撫摸著對方的手背，「我們一起還。」

何馨憶抬頭望去，瞧見李恕謙臉上柔軟的笑意，「學長，那你就要跟我綁在一起三十年了喔。」

「聽起來不知道為什麼，覺得滿高興的。」李恕謙笑道。他踩下油門，重新上路。

何馨憶看著快速掠過的風景，曾幾何時坐李恕謙的車已經是一種日常，李恕謙開車又平又穩不貪快，如同他給人的感覺，安穩又平和。好像一瞬間，他就能想像兩個人三十年後的光景。

兩個人打算買房的消息傳回何家，羅映姿便盤算著是否要上門提親，幸好被何馨憶搶先一步攔住。

「他媽媽還沒有承認我們，這樣不好。」何馨憶勸阻道。

「但是你們都要一起買房子了，還沒要結婚嗎？」羅映姿意外地問，「不好啦，要通知一下。」

「他們可能知道吧。總之，提親先不要吧。」何馨憶也說得很不確定。

「我來問問恕謙。」羅映姿倒沒什麼顧慮，一通電話打給未來準兒婿。

「恕謙，我們什麼時候可以去提親？」

李恕謙接到電話時，正在臺南老家陪父母喝茶。羅映姿的嗓門大，音量從手機聽筒傳出來，李恕謙掩著手機往樓梯間走去，「何媽媽，怎麼了？」

「小憶跟我說你們兩個要買房子了，是不是乾脆就把婚結一結？要結婚的話，要提早計畫，我們要提親，要做禮俗，要安排飯店什麼的，不是說你要結婚就可以馬上結。」羅映姿早早就計畫過如何辦子女的婚禮，說起婚禮流程簡直信手捻來。

「我們應該不用那麼費事，可能公證就好，省下來買房子。」李恕謙覺得不用太麻煩。

「你最好問你媽。」羅映姿信誓旦旦地說，「媽媽都想把婚禮辦得很盛大。」

「噢。」李恕謙搔了搔頭，掛上電話。

回到客廳時父母還在看新聞，李恕謙便想過陣子再開口，畢竟父母並未正式承認何馨憶。梁淑芬和李敏知將羅映姿的聲音聽得一清二楚，兩人互相交換了眼色，都在心裡憂鬱若兒子真的開口說要跟何馨憶結婚，他們該怎麼回覆。

這幾年他們或多或少都得了好處，長子變得更加貼心。他們雖然心裡有些鬆動，也默認何馨憶是家裡的一分子，卻始終拉不下臉面叫李恕謙帶人回家，索性裝聾作啞。但現在，已經到了攤牌的時機。

兩人惴惴不安地等到電視節目結束，沒想到李恕謙什麼也沒說。梁淑芬和李敏知突然覺得不是滋味。自己的兒子跟別人論及婚嫁，先不說父母同意與否，至少也該通知一下吧？梁淑芬感覺不知不覺間，兒子都要變成別人家的了。

這幾個月她的臉書被李恕謙頻繁出去玩的照片洗版了。關鍵問題是打卡的人並不是李恕謙，而是李恕謙的朋友，有時候是那個何馨憶，而頻率最高的就是那個叫羅映姿的女人，看起來是何馨憶的母親。

照片中通常是一對中年夫妻加上兩個笑開的青年，乍看就像幸福洋溢的全家福。這是把他們親生父母兩個人擺在哪裡？

「怎麼辦？」梁淑芬憂心忡忡。

「唉，兒子就這樣。不然……」李敏知嘆了口氣。僵持了幾年，他終究不想跟自己的兒子過不去，這些年下來何馨憶就算不露面，也是暗地裡在孝敬他們，他們不可能感覺不到。

「看他們想怎麼樣就怎麼樣吧，年輕人有自己的想法啦。」

「嗯……」梁淑芬沉默許久，「我去跟恕謙說。」

投資一定有風險

隔日李恕謙起床時，梁淑芬正在準備拜拜的三牲蔬果，他吃了一碗鹹粥當早餐，便待在客廳看父母有沒有需要幫忙。

梁淑芬拜完地基祖後，見李恕謙閑散地打開電視，一點也沒打算詢問他們關於結婚的任何事，終於忍不住了。她清了清喉嚨，「恕謙，昨天是誰打電話來？」

「嗯？喔。是小憶的媽媽。」李恕謙邊回答邊看梁淑芬的臉色。

「她打來有什麼事嗎？」梁淑芬故做不經意地問。

李恕謙考慮幾秒，「沒有啊，沒什麼事。」

梁淑芬心知兒子的隱瞞，又拉不下臉直接問，只好旁敲側擊地打聽，「我昨天好像有聽到什麼提親？誰要結婚啊？」

「就，一個朋友。」李恕謙三言兩語唬弄過去。

梁淑芬更急，「恕謙啊，你有要結婚一定要跟媽媽講，不能自己偷偷跑去結。」

李恕謙一頓，梁淑芬更肯定自己的猜測，「是不是你要結婚？你跟媽媽說。」

「我——」李恕謙見梁淑芬並不排斥，便試探道，「我們是打算公證而已。」

「怎麼可以！要辦得熱熱鬧鬧的啊！」梁淑芬當場反對，「之前我都有去給人家請客，也要發帖子給他們，禮尚往來。好，我現在來看日子。」

「媽，我們還不急。」李恕謙沒料到梁淑芬的反應會那麼大，連忙阻止。

「怎麼不急！我看人家媽媽都要來提親了，我聘金什麼的都還沒準備，人家還以為我們多不懂禮數！交給我跟你爸研究就是了。」梁淑芬打斷李恕謙的辯解。在梁淑芬的觀念裡，不管先前發生什麼事，只要結婚就是喜事絕不能馬虎。李恕謙見拉不住，也就隨她去。

等梁淑芬和羅映姿見到面，兩家都想把婚禮辦得熱鬧又盛大，又爭著給聘金，誰也不想收嫁妝，各自堅持自家是娶媳婦，又是一番熱烈的爭吵。

婆婆媽媽之間的感情很奇妙，梁淑芬和羅映姿竟是愈吵感情愈好。以至於到後來，羅映姿每逢出門去玩，都先撥電話問梁淑芬要不要跟。梁淑芬愛熱鬧，以

投資一定有風險

前年輕時跟著李敏知在家做西裝很少出遠門，當羅映姿打包票可以參加套裝行程只要人來就好，梁淑芬不免心動，強迫李敏知一同出門。

漸漸地，羅映姿打卡時的合照人數愈來愈多，他們這週去烏山頭水庫，下週去溪頭，李恕謙都是從臉書上得知父母的行程，免得自己回老家時撲空。

「恕謙，你看這是我們這次出去玩的相片，怎麼樣？」梁淑芬獻寶似地展示出遊照，「映姿說我這張拍起來很有仙女的感覺。」

李恕謙左看右看，瞧不出半點「仙女的感覺」，不過他聰明地附和道：「對，很漂亮。」

「哈哈，下次我們要去奧萬大賞楓，你們兩個要不要來啊？」梁淑芬興沖沖地問。

「媽，你們去玩就好。」李恕謙失笑，和何馨憶交換了一道忍俊不禁的目光。

幾年前他們沒想過，有一天也能得到雙方父母（主要是李家父母）的承認，雖然日子是兩個人在過，但被父母承認、被父母歡迎，終究有不一樣的意義。

何馨憶主動道：「媽，母親節時我們想說要兩家一起吃飯，妳有沒有推薦什麼餐廳？」

「好好好，我來訂餐廳。」梁淑芬興致勃勃地道，「不是有那個什麼米其林餐廳嗎？我去訂訂看。」

「媽想吃什麼就訂，你兒子都會幫你買單。」何馨憶打趣，直接幫李恕謙開支票。

「一定一定。」李恕謙摟著何馨憶笑道。

——番外八〈期許〉完

——《投資一定有風險》全系列完

Be Care For
What You Invest For

投資一定有風險

✦

後記

投資一定有風險

如果要用顏色來形容李恕謙與何馨憶之間的感情，我覺得是粉嫩的馬卡龍橘色，溫暖又帶著一點酸澀的刺激性香氣。寫作的時候，總覺得鼻息之間一直縈繞著這樣的芬芳，不知道是不是因為何馨憶的名字裡，有一個代表香氣的字，總之，覺得這樣的寫作體驗很有趣。

這兩個人的感情在下集忽然有了翻轉，原本是何馨憶苦苦追尋李恕謙飄渺的情感，在後半段，變成李恕謙溫柔堅定地拉著何馨憶一起前進，而何馨憶卻處處閃躲。有人把愛情形容成我進你退，你進我退的探戈，在這個作品裡，我覺得比較像是兩個人沒有在同一個時間點上跳同一支舞，腳步之間有了落差，因此不是何馨憶跌倒，就是李恕謙挫敗。

感情向來是這樣，只要不同步，其中一邊就會非常辛苦。如果能把多的那部分平均分攤給另一邊的話，一切就太完美了。

只是，現實常常沒有那麼簡單。那能夠怎麼辦呢？一邊不能急，一邊要加快腳步，只有兩個人在這支舞裡邁出同一步，才能跳得漂亮，在愛情裡迴旋。

衷心希望這個故事有讓大家一同隨著謙憶在這支舞裡，如同芭蕾舞劇的天鵝湖，做出黑天鵝三十二圈大迴旋。

另外提一下，故事中出現不少或公開或隱晦的同志情侶，他們每個人都有自己的故事，他們的人生與李恕謙或何馨憶擦身而過，因此在故事中並未多作著墨。如果大家對蔡仲安、方海彥、陸臣或是林芷瑩有興趣，也歡迎搜尋我的噗浪或IG，至於市面上能找到的，目前僅有以個人誌出版的《性，愛與筆記》，是指導教授靳明毅與陸臣的故事。

《投資一定有風險》這部作品完稿之後，又經歷兩度大幅修改，最後長成了現在大家看到的樣子。真的非常感謝編輯給予我非常大的自由度，讓作品有自然生長的空間，也有機會補寫許多不同視角的番外，讓作品在各方面都更完整一點。

投資一定有風險

在結局之後，謙憶兩人將會面對人生的下一個階段，也許會有更多波折，不過我始終相信，只要兩人對彼此的感情堅定，相互坦承，一定能一起走過去。

夫夫同心，其利斷金。

有任何心得，願意的話，也歡迎在IG上和我分享噢！

生生

高寶書版集團
gobooks.com.tw

FH026

投資一定有風險・下

作　　者　本生燈
繪　　者　尾賀トモ
編　　輯　薛怡冠
校　　對　林雨欣
美術編輯　林鈞儀
排　　版　彭立瑋
企　　劃　黃子晏

發 行 人　朱凱蕾
出　　版　朧月書版股份有限公司
　　　　　Hazy Moon Publishing Co., Ltd
地　　址　臺北市內湖區洲子街88號3樓
網　　址　www.gobooks.com.tw
電　　話　(02) 27992788
電　　郵　readers@gobooks.com.tw（讀者服務部）
傳　　真　出版部　(02) 27990909　行銷部 (02) 27993088
郵政劃撥　19394552
戶　　名　朧月書版股份有限公司
發　　行　英屬維京群島商高寶國際有限公司台灣分公司
　　　　　Global Group Holdings, Ltd.
初版日期　2022年4月

國家圖書館出版品預行編目(CIP)資料

投資一定有風險/本生燈著.　初版.　臺北市：朧月書版股份有限公司出版：英屬維京群島高寶國際有限公司臺灣分公司發行, 2022.04-
面；　公分. --

ISBN　978-626-95424-4-4(下冊：平裝)

863.57　　110020457